MOORD en ander *speletjies*

Corlie Putter

Moord en ander speletjies

Kopiereg © 2022 Corlie Putter

Eerste uitgawe 2022 Corlie Putter

ISBN 978-0-6397-1230-7

Alle regte voorbehou

Omslagontwerp deur Mindi Flemming
Setwerk deur Newly Media (Pty) Ltd.
www.newlymedia.co.za

Geset in Sabon Lt Pro 11/15

1.

Cronje kyk weg toe Visagie die boeie om beide die polse van die jong vooruitstrewende aktiewe forensiese patoloog (AFP) slaan.

Dít het hy nooit verwag nie.

Roux, is skuldig aan moord!

Hy sal sy kollega se selfoon aan Visagie moet oorhandig, en daar by ook erken dít wat hy self gedoen het. Daar is nou geen ander keuse nie.

Hy skud sy kop.

Hy moes nooit daardie oproep gemaak het nie. Buiten dat dit protokol breek, gee dit Visagie ammunisie teen hom. Hy is nie seker hoe hy homself uit diè moeilikheid gaan kry nie.

Die einste Visagie onderbreek sy gedagtegang.

"Ek het die stasie gebel. Hulle stuur 'n vangwa."

Visagie beduie weer na die houthuis.

"Ek wil Roux onder almal se oë uithou. Hy kan daár binne wag tot die vangwa opdaag. Ek sal die nuus intussen aan die Taljaards gaan deurgee."

Hy kyk Cronje amper jammerlik aan.

"Dit voel dalk nie so nie, maar jy het die regte ding gedoen my ou."

Cronje ignoreer Visagie. Hy kyk oor sy skouer na waar Roux, sy kollega en vriend geboei staan.

Die regte ding het nog nooit so verkeerd gevoel nie.

2.

Regter Taljaard sit in sy studeerkamer met sy selfoon teen sy oor.

Met sy wysvinger tik hy ritmies op die tafelblad voor hom terwyl hy luister.

"Nee!..Onder geen omstandighede nie.." sê hy streng.

Die stem aan die anderkant van die lyn kom nou dreigend oor. Die erns van die situasie word weereens herhaal.

Die regter maak sy keel skoon, voor hy die gesprek voortsit..

"Ek verstaan jou frustrasie meneer Roux. Maar ek, nee, ons het meer tyd nodig. Ek wil nie weer hierdie gesprek hê voor ék voel ek is gereed nie.. En jy moet ophou om my so gereeld te kontak. Daar is te veel op....."

Die lyn gaan meteens dood.

"Hallo?... Meneer Roux?"

Regter Taljaard bêre sy selfoon in sy broeksak, en skud sy kop bekommerd.

Hy tel die vel papier wat voor hom op sy lessenaar lê op, en vir die soveelste keer lees hy daardeur.

Daarna kyk op na die muurhorlosie.

Dit is 18:30.

Hy gee 'n diep sug, en staan traag op.

Hy is nie lus vir die vervlakste partytjie vanaand nie.

Elke jaar is dit dieselfde storie. Sy enigste wens vir sy verjaarsdag is 'n rustige aand saam met sy gesin. Maar elke jaar dring Jenna daarop aan om iets buitensporig te reël. Laas-jaar was dit 'n vaart op 'n luukse seiljag na die kus van Mosambiek. Buiten die feit dat hy die hele vaart soontoe en terug seesiek was, het die muskiete hom amper lewendig opgevreet. Om nie eers te praat van die soutwater-krokodille wat konstant om hul seiljag rondgehang het nie. Drie jaar gelede was dit 'n toer van drie nagte, deur die Namib woestyn. Ten minste word hiérdie jaar se gedoente tuis gehou.

Hy loop by die studeerkamer uit en al met die gang langs.

"Nothing big, dear." Het sy vrou belowe. *"Just a dress up and who's done it party. You don't have to worry about anything. I managed to find a party planner who will take care of everything. All you will have to do is lie down on the floor and play dead. O, it's going to be so much fun!!"*

Regter Taljaard skud sy kop.

Jenna. Die liefde van sy lewe. Sy Engelse Roos. Sy blinde Engelse Roos.

Hy het haar ontmoet toe hy een vakansie by sy neef op Worcester gaan kuier het. Sy was in haar matriekjaar. 'n Leerling verbonde aan die Skool vir Blindes, en hy 'n eerstejaarstudent by Stellenbosch.

"Well, I can't say it was love at first sight for me.." spot sy altyd. Maar vir hom was dit so.

Sy was beeldskoon.

Maar dit was haar onblusbare liefde vir die lewe, ten spyte van haar gebrek, wat haar so onweerstaanbaar gemaak het.

Sy het sy lewe kom inkleur met haar drome.

Sy eentonige dae gevul met haar mooi lag.

Hulle is nou al byna 47 jaar lank getroud en hy het haar nog meer lief as die dag toe hul besluit het om hulle lewenspad saam aan te pak.

"Pa.." praat Jean hul enigste kind skielik agter hom in die gang.

Hy probeer sy skrik wegsteek.

"Ma sê pa moet onthou om die regte pak klere aan te trek."

"Vir wat kan ek nie net in my eie pajamas op die grond lê nie? Moet dit nou juis in 'n verdekselse gehuurde pikkewyn-pak wees?"

Sy seun gluur hom woordloos aan.

"Het jy die pak gesien? Nogal ewe 'n kamstige bloedkol op

die spierwitte hemp. Kan ons nie maar net eerder van hierdie moord-speletjie-affêre vergeet nie. Ek wil regtig nie my verjaardag op die vloer deurbring nie."

Jean glimlag vir sy pa se gemompel en die regter voel hoe sy gemoed effe lig.

"Pa weet nog nie die helfte nie. Sy het kaptein Griesel oorreed om speurder Cronje en die AFP (aktiewe forensiese patoloog) Righard Roux tyd af te gee sodat hul nie net as *konsultante* vir die gaste kan optree nie, maar ook kan kyk of hulle die moord voor die gaste kan oplos."

"Jy grap seker!?"

Regter Taljaard en die bevelvoerder van die Somerset Wes polisie, kaptein Griesel, is al jare lank goeie kennisse. Alhoewel hulle nie huis-vriende is nie, is die twee mans gebind deur hul professionele kapasiteit. Per geleentheid ontmoet hul ook by die gholfbaan. Gewoonlik by een of ander fondsinsameling ten bate van een of ander saak.

Die regter het die wêreld se respek vir die streng bevelvoerder. Hy werk hard. En deesdae is hulle meer as gewoonlik in kontak met mekaar.

Waar ander bevelvoerders neig om van agter toe kantoordeure hul eenhede te lei, raak kaptein Griesel betrokke. Hy ken die name van elke lid wat onder sy bevel staan. Hy ry gereeld uit na misdaad-tonele, gee raad, help met die ondervragings en bly op hoogte van alle verwikkeling aangaande ondersoeke.

Hy dink egter nie veel van speurder Cronje nie, hy glo die bombastiese speurder se sukses is meestal te danke aan Griesel se leierskap.

En dan was daar die destydse tragiese gebeure. Die blaam daarvoor lê hy steeds voor die voete van speurder Cronje.

Sy seun beduie na die binnehuise swembad aan die einde van die gang. Hy probeer lighartig klink. "Gaan pa gou pa se daaglikse lengtes swem, voor pa die spreekwoordelike emmer moet skop?"

Regter Taljaard knik, kyk sy seun nou ondersoekend aan.

"Oor vroeër.. Jean, ek..."

"Ek wil nie nou daaroor praat nie pa! Kom ons los dit eerder. Laat ons maar eers net vanaand agter die rug kry."

Hy stap aan maar steek dan skielik vas. "Weet net een ding pa... Pa gaan nog bitter spyt wees daaroor. Bitter spyt."

Met die omdraai-slag loop hy amper hul huishulp onderstebo.

"Karin." sê hy voor hy omdraai en wegstap.

Die regter en huishulp kyk na mekaar.

Dit is nie die eerste keer dat sy die onderliggende spanning tussen pa en seun waarneem nie.

Maar sy maak vir die regter se onthalwe asof sy niks gesien of gehoor het nie.

"Verskoon tog, u Edele, ek wou net kom hoor hoe laat ek die deur na die swembad kan sluit? Mevrou Taljaard wil die vertrek tydens die partytjie eerder gesluit hou."

Die regter sug.

"Sê jý vir daardie liewe vrou van my as sy my nie toelaat om eers in rus en vrede klaar te swem nie, daar dalk 'n regte moord in hierdie huis gaan wees... En dit gaan nie myne wees nie."

Die huishulp glimlag vriendelik.

"Sy wil maar net seker maak dat alles vlot verloop. Volgens Lushé,.." en sy mimiek die aangestelde partytjie organiseerder se oordadige handgebare amper perfek na. "..het ook daarop aangedring."

Die regter vergeet vir 'n oomblik van die aakligheid wat tussen hom en Jean aan die gang is.

Hy wend self 'n poging aan om die dramaturg, Lushé, te na-aap. Laat sy een pols slap hang en gooi sy nie bestaande lang hare met sy ander hand oor sy skouer.

Karin, lag lekker. Sy is dol oor hierdie sy van die regter se persoonlikheid.

"Og, hierdie partytjie gaan een vir die *books* wees hoor!" spot hy. "Julle het geen idee hoé gelukkig julle is om mý aan die stuur van dinge te hê nie. Ek wou dit eers nie aanvat nie, my dagboek is reeds so vol. Maar toe ek hoor die partytjie word beplan vir 'n regter, toe sê ek vir myself Lushé. Maak tyd! Hierdie partytjie gaan jou reputasie laat *skyrocket girl*. Nie dat ek nie reeds in aanvraag is nie hoor."

Karin proes van die lag.

"U is 'n man van vele talente. As u loopbaan as regter nie uitwerk nie kan u altyd toneelspel oorweeg."

Regter Taljaard lig 'n vinger na haar, en skerts saam.

"Ten minste is daar iemand in hierdie huishouding wat my talente raaksien!"

Sy opmerking laat haar bloos.

Karin werk net so duskant 'n jaar vir die Taljaard gesin.

Hul vorige huishulp moes as gevolg van siekte op vroeë pensioen gaan, en Jenna was eers nie seker oor die jong vrou se aanstelling nie.

"Dit sit nie in almal se broekspype om saam met 'n blinde vrou dag in en dag uit te leef nie, Ren." het sy geredeneer.

"Vertel jy my!" het hy gespot.

Anders as Jenna, was hy met die eerste ontmoeting reeds oortuig dat Karin die regte persoon vir die werk was.

Sy was netjies op haarself.

Haar gitswart hare was in 'n kort bob-styl gesny.

Sy het hom aandagtig dop gehou die dag tydens haar onderhoud. Hy kon sweer haar skerp groen oë het niks gemis nie. Nog voor Jenna by hul aangesluit het, het die jong vrou gevra of daar 'n blinde persoon in die huis woon.

"Wat laat jou so dink?" het hy gevra.

Sy het na die meubels in die sitkamer gewys.

"Die manier hoe alles so presies op hul plek staan. En daàrdie boeke op die boekrak, dit is alles in braille geskryf."

Hy het haar blik na die netjies gerangskikte boeke gevolg. Die meeste mense sou dit mis gekyk het. Sý was duidelik baie oplettend.

Jenna het eers 'n maand nadat Karin aangestel is, erken dat sy die perfekte persoon vir die posisie was.

"Look what Karin bought me. A Rubix cube for the blind! Isn't that thoughtful of her? She knows all about these weird and wonderful gadgets for the blind. Stuff that I have never even heard of. She has a kind heart Ren. I can tell. I think she should move into the garden cottage. It will be nice to have her around on a more permanent basis. She is young and alone. Remember how she told us she was an orphan? Poor child. Please think about it, Ren. This way I have more permanent help on hand and it will be safer for her to live here on the property with us. It's a win-win situation for all of us."

Hy het gewillig ingestem. Hy sou enige iets vir sy Jenna doen.

Byna enige iets..

Nadat hy die sleutel vir Karin gegee het, stoot hy die deur na die binnehuise swembad agter hom toe.

Hy sal net 15 minute lank swem. Daarna kon sy die deur kom sluit.

Die swemmery is al 'n jarelange roetine by hom.

Elke aand na werk, ongeag die tyd, kom swem hy 'n paar lengtes. Gewoonlik bly hy ten minste 'n halfuur na 'n uur in die water, maar nie vanaand nie. Hy moet nog gaan gereed maak vir die partytjie.

Hy leun 'n oomblik terug teen die toe deur.

Alleen. Uiteindelik. Hy voel verligting oor hom spoel.

Die ding tussen hom en Jean.

Hy sou Jenna die waarheid moet vertel, voor Jean die ding uit verband ruk. Die kind het nog altyd 'n manier gehad om tot die ekstreme te gaan.

Hy wil Karin ook beskerm. Hy wou haar nie betrek het nie, maar nou is dit te laat..

En dan is daar nog ook die 3 sake wat op die rol is....

Hy loop eers by die aparte aantrek kamer in. Haal dieselfde dokument waardeur hy vroeër gelees het asook die pen wat hy altyd aan hom dra uit sy baadjie se binne sak. Sit dit langs die pikkewyn pak neer. Hy staar peinsend daarna. Dit was 'n groot besluit en sy handtekening sou dit geldig maak. Hy begin sy klere uit trek, vou dit ingedagte netjies op. Trek sy swembroek aan. Haal 'n handoek van die rak af. Loop by die kamertjie uit. Sit die handdoek aan die vlak-kant van die swembad neer. Stap om tot by die diepkant.

Regter Ren Taljaard trek sy asem in en duik in die swembad in. Die koel water voel soos tydelike lafenis vir sy beswaarde siel.

3.

(Vroeër, dieselfde tyd as wat regter Taljaard in sy studeerkamer op sy selfoon besig was.)

Cronje tik Roux op die skouer. Beduie na sy horlosie.

"Ons moet ry anders gaan ons laat wees."

Roux vou sy hand oor die selfoon se mondstuk.

"Amper klaar." sê hy aan Cronje en gaan voort met sy gesprek op die selfoon.

"Nee! Dit is óf vanaand of.. ." hoor Cronje hom half dreigend sê.

Hy volg Cronje op 'n afstand by die polisiestasie uit.

Cronje frons.

Hierdie is die hoeveelste fluister telefoon gesprek oor die laaste paar maande.

Die speurder steek vas en draai om in Roux se rigting.

Maar met dié, doen Roux dieselfde. Asof hy opsetlik buite hoor-afstand wil bly.

Cronje wag in die motor tot Roux buitekant die motor klaar gepraat het en hul uiteindelik oppad na regter Taljaard se partytjie was.

Hy bekyk die jong AFP onderlangs terwyl hy bestuur.

Hy lyk deesdae permanent moeg. Sy reeds bleek gelaat word nou beklemtoon deur die donker kringe onder sy oë.

"Wat is aan die gang Roux?"

Sy vriend antwoord nie.

"Roux?"

Die jong AFP bly net na die selfoon in sy hand staar.

Wanneer Roux uiteindelik na hom kyk, hang daar 'n mismoedigheid oor hom.

Cronje voel bekommernis in hom opstoot.

Erens is daar groot fout met Roux.

Dit is asof sy vriend die afgelope paar maande 'n gedaante verwisseling ondergaan het. Sy fokus is ook nie meer op sy werk nie. Wat ookal hom pla is besig om die oorhand te kry.

"Ek dink dit is tyd dat jy met my praat, Puisiegesig. Wat vreet so aan jou?" Cronje noem hom op sy Groentjie naam soos toe hul tevore begin saam werk het.

Die jong AFP haal sy skouers op probeer die gesprek in 'n ander rigting stuur.

"Dink jy hy is eerlik?"

"Wie?"

"Regter Taljaard.."

"Watse vraag is dit?"

Roux sug, kyk by die venster uit.

"Daar is deesdae soveel korrupsie. Ek wonder maar net of ... jy weet van geld wat onder die tafel, inruil vir sekere vonnis opleggings betaal word."

Roux frons.

".... Dit voel net party dae vir my asof.... Ag ek weet nie, asof ons verniet probeer Konstantyn. Daar is net soveel sleg in die wêreld en ons is net 'n handjie-vol wat omgee.."

"Niemand het gesê dit sal maklik wees nie Roux. Ek dink die vraag is eerder of jy met jou gewete sou kon saamleef... Dit is tog beter om die kwaad te beveg as om op die kantlyn te sit en niks te doen nie, of hoe?"

Roux sug weer.

"Dit is seker maar so."

Cronje stuur die motor van die pad af, stop langs die houthuisie wat aan die begin van die oprit staan. Dít is deesdae 'n alledaagse gesig in die ryk woonbuurte.

Hy gewaar nie die sekuriteitswag wat gewoonlik binne gestationeer is nie. Trap petrol en ry verder met die lang oprit.

'n Enorme huis toring voor hulle op. Die prag tuin en omliggende terrasse lyk soos iets uit 'n glans-tydskrif. Cronje parkeer die motor, en skuif sy groot lyf by die motor uit.

"Kom ons kry die simpel storie so vinnig moontlik agter die rug Puisiegesig. Ek en jy is hier op versoek van kaptein Griesel en niks meer nie."

Cronje merk hoe Roux na iets soek.

"En nou?"

Roux voel weer deur sy sakke voor hy om die sitplek begin rond kyk.

"My selfoon. Ek het dit erens in die motor verloor.... "

"Kan nie wees nie. Dit was netnou nog in jou hand."

"Ag, maak seker nie saak nie. Die ding se battery was so goed soos pap. En dit is nie asof ons op diens is nie. Ek sal later daarna soek."

Cronje hou Roux fyn dop terwyl hy uit die motor klim en om stap in sy rigting.

Miertjie, sy aanneem-ma, het ook die verandering in Roux agter gekom.

"Onse Righard gaan deur diepe waters Asyn. Diepe waters.." het sy een aand opgemerk nadat Roux by hul kom eet het. Hul het saam besluit om Roux spasie te gee. Hulle wou nie karring nie. Hul het gehoop hy sou hul een of ander tyd in sy vertroue neem. Tot dusver het dit nog nie gebeur nie. Sy fisiese en persoonlike agteruitgang was moeilik om te aanskou. Maar hul hande was vir eers afgekap. Hulle sou moes wag tot Roux self gereed was om te praat.

Die voorkant van die huis lyk soos die meeste huise in hierdie omgewing. Trappe wat lei na 'n enorme stoep, met 'n uitsig oor Valsbaai. Nog 'n groter voordeur. Die enorme grasperk en goed versorgde inheemse tuin skep 'n kalm atmosfeer. Die son sit reeds laag. Die huis sit afgeëts teen die laaste grys-pienk lig van die die dag. 'n Mooi prentjie, soos 'n tydskrif-voorblad.

'n Persoon kom met die trappe afgestap en verdwyn om die hoek van die massiewe sierklip woning.

Roux kyk die vreemdeling agterna.

"Sjoe, ek is beïndruk. Ek het geweet van die gaste gaan

hulself vermom maar ek het nie geweet die standaard gaan so hoog wees nie. Dit lyk dan amper soos ek wat daar loop." merk Roux op.

Aan die bo-punt van die trappe wag 'n vrou die gaste in.

Toe sy Cronje en Roux gewaar begin sy sulke klein sprongetjies op en af gee.

"Oee *fabulous* julle is hier!!" Sy klap haar hande opgewonde met sulke stywe reguit vingers saam.

Cronje kyk oor sy skouer terug na Roux, onmiddelik geirriteerd. Hy kan nie sulke aangeplakte gedrag hanteer nie.

"Ons eie *Batman and Robin!!* Welkom! Welkom!" roep sy opgewonde.

As die kort mollige vrou se uitspattige helder kledingstuk nie so styf gesit het nie, sou sy seer sekerlik met die trappe afgestorm het om hul te groet.

Instede wag sy hul in met haar dik flapperige kaal bo-arms oop gestrek.

"Ek het só tannie gehad." fluister Roux onderlangs.. "Haar naam was Susan maar sy het daarop aangedring dat my ma en pa haar *Suzané* noem."

Uiteindelik aan die bopunt van die trappe trek sy die speurder eerste in haar omhelsing in. Cronje wou hom nog teësit maar sy is verrassend vinnig én sterk vir haar postuur. Sy laat haar nie weg stoot nie. Daarna streel sy met haar lang vals naels oor sy skouers en al met sy arms af.

"Sulke sterk skouers. Oe, ek dood vir 'n groot man." sê sy knipoog.

Cronje stoot haar van hom af. Hy wip hom onmiddelik vir dié wildvreemde vrou se blatante flirtasie.

"My naam is Lucy, maar ek verkies Lushé, met 'n strepie op die é."

Cronje hoor Roux se snorklag agter hom.

Die mollige vrou tree by die speurder verby en voor die jong forensiese patoloog kan keer, word hy oók in haar omhelsing ingetrek en 'n Franse kus gegee. Daarna lig sy sy linkerhand, kyk daarna. Glimlag breed toe sy nie 'n ring aan sy vinger sien nie.

"Ek het die *perfect match* vir jou meneertjie. My susterskind Dalia is gaande oor jou nerdy tipe. Sy is effe aan die oorgewig kant en nou nie veel vir die oog nie, maar die kind het 'n hart van goud. Ek dink ek moet julle twee aan mekaar voorstel. Toe, wat dink jy?"

Roux bloos bloedrooi. Cronje is nie seker of dit uit verleentheid of ergernis is nie. Moontlik beide.

Terwyl sy praat trek Lushé haar uitrusting reg. Met die oordadige omhelsing het haar eie mollighede onder die rok verskuif. Dan vee sy haar kort geknipte kuifie geoefend eenkant toe.

"Nou ja, ons kan later jóu en Dalia se troue beplan, binne toe met julle. Ek ontvang net die laaste gaste dan kan die *party* begin skatties."

Cronje en Roux, wat nog nie 'n woord ingekry het sedert hul die bopunt van die trappe bereik het nie, staan steeds geskok terwyl sy met 'n ampere-dans-passie om hulle beweeg en luidrugtig 'n paartjie agter hulle verwelkom.

"Ek weet nie waar my ma aan hàar gekom het nie?" sê iemand skielik hier langs hulle. "Speurder Cronje, Roux. Ek is Jean, regter Taljaard is my pa. Baie dankie dat julle gekom het."

Jean Taljaard hou sy hand uit.

'n Lang man, net soos sy pa. Maar waar die regter 'n fyn besnede gesig met groen oë het, lyk sy seun op 'n druppel na sy ma. Hy, net soos meeste van die gaste om hulle is baie goed vermom. In 'n swak beligte vertrek sou selfs Cronje hom vir Roux aangesien het.

"En hierdie is my ma, Jenna Taljaard.. En " Hy laat sy blik oor die gaste in die vertrek gly ".. my vrou is hier iewers."

Die blinde vrou wat langs hom staan steek haar hand uit.

"Well don't leave me hanging, or do you want me to guess who is who?"

Roux is eerste om te reageer. Hy neem haar hand.

"Aangename kennis mevrou Taljaard. Ek is Righard. Dankie vir uitnod.."

Jenna stop die res van Roux se woorde met haar wysvinger. Sy neem sy gesig in beide haar hande. Streel sagkens oor sy oë, neus, mond en kakebeen. Sy trek 'n hand deur sy hare voor sy aan beweeg en die res van sy gesig en lyf in haar eie donker wêreld inteken en vasvang. Toe sy klaar is, glimlag sy. Iets omtrent haar herinner Cronje onmiddelik aan Miertjie, sy aanneem-ma en anker. Miertjie is by verre een van die sterkste emosionele persone wat hy ken. Hy vermoed Jenna Taljaard is net so 'n geankerde wese.

"Thank you for gracing us with your presence, young Righard. You look like a handsome young man. According to my husband you are quite the addition to captain Griesel's squad. Not many AFP in the country I gather. Apparently you almost have to be some kind of genius to qualify as one."

Roux bloos. "Dankie mevrou."

Sy strek haar hand weer uit.

Cronje neem haar sagte fyn hand in sy eie.

"Speurder Cronje."

" I appreciate you doing this detective."

Hy knik. Besef sy kan nie dié gebaar sien nie, maar maak nogtans geen poging om iets te sê nie.

"Nou ja." sê sy en neem 'n paar tree tot binne in die voorportaal. Sy stamp 'n paar keer met haar tradisionele wit stok vir blindes hard op die vloer. Die stemme in die vertrek raak stil.

"Can I have your attention. Everyone grab a glass of champagne and gather around please! Unfortunately I will not be participating in the murder mystery game. But know this, I will be keeping a close eye on everyone."

Paar gaste lag spontaan.

Sy leun haar stok teen die naaste muur sodat sy ordentelik kan hande klap.

"If you could please put your hands together for Lushé. She did an outstanding job getting everything just perfect for tonight.

I'll leave her to explain the rules of the game."

Cronje kyk om hom rond en besef dat Roux sonder 'n woord weggedwaal het. Hy gewaar sy vriend net voor hy by die voorportaal uitloop en dieper in die huis met 'n gang af verdwyn.

Selfs in hierdie oomblik is daar iets omtrent die manier hoe Roux homself gedra. Dit lyk eerder asof hy by die gang af sluip in plaas van net gewoon loop. Cronje is net op die punt om agter die jong AFP aan te loop, maar dan lui sy selfoon. Kaptein Griesel se nommer flikker op sy selfoon skerm.

"Kaptein?"

Cronje draai om en tree na buite om van die gaste se rumoer weg te kom.

Sy bevelvoerder was vir 'n week uitstedig. Hy staan aan die hoof van 'n samekoms, wat op die been gebring is, oor die stygende getalle plaas moorde in die Wes-Kaap. 'n Saak wat hom baie na aan die hart lê.

"Gedra jy jou Cronje?"

"Ek het mos my woord gegee Kaptein."

Toe hy 'n rukkie later, na hul gesprek, weer by die doenigheid in die huis aansluit is Roux nêrens te sien nie..

4.

(Kort na aanvang van die partytjie)

Die eienaar van OBA *(Over borders aviation)* Daniël Short, staan en toe kyk hoe die simpel partytjie organiseerder haar naam gat maak.

Hy grinnik by homself.

Hy het nog altyd 'n broertjie-dood aan luidrugtige mense.

Hý is die stil tipe.

Wat ook al die taak voor hande, jy doen dit en kry klaar.

Só bestuur hy ook sy besigheid. Met min woorde.

Daarom dan, gaan hy ook vanaand se taak só aanpak.

Daniël Short is op 'n missie, en daar is baie op die spel.

Die regter sàl vanaand na hom luister, al is dit die laaste ding wat Ren Taljaard doen...

"Ok all you fabulously dressed people.. " gaan Lushé intussen voort. "Welkom welkom. Julle wonder seker hoekom ek hulle hierheen genooi het?"

Sy is die enigste een wat haar grappie snaaks vind. Niemand anders lag nie, maar dit lyk nie asof sy dit besef nie.

"Julle is genooi omdat regter Taljaard, slegs jullé handjie vol mense hier wou hê. Ek hoop julle besef hoe bevoorreg julle is om sy verjaarsdag én hierdie geleentheid saam met hom en sy familie te vier.."

"Hoor hoor!" roep iemand.

Lushé se gesig helder op. Sy floreer op die aandag.

"Én dit is *great* om te sien dat soveel van julle julself volgens die karakter-lys wat uitgestuur was, vermom het. Go big or go *home* né! Nou ja net 'n vinnige paar dinge om te onthou. Die ligte gaan binnekort eers geleidelik verdof en dan later heeltemal gedoof word. *Don't panic.* Hou vas aan daardie duur sjampanje glase en *chill.*

Dit is wanneer die pret begin. Regter Taljaard, ons gewillige *victim*, gaan sy posisie inneem. Kort daarna sal die ligte weer aangaan. Jul kan daarna deur die vertrekke beweeg. Die een wat eerste regter Taljaard se *liggaam* vind, het eerste opsie nie net op 1 nie, maar op 2 koeverte met kriptiese leidrade wat ek by my hou. Die res sal ek met die verloop van die spel in van die vertrekke versteek."

Sy lig 'n vel papier en potlood.

"Het almal hulle verdagte lys en skryfgoed? Dié wat nie het nie kan gou by my kom haal. Vir dié wat die bordspel Cluedo ken.. Ons speletjie werk op dieselfde prinsiep. Laastens, net 'n leidraad van my kant af. Onthou die vertrek waarin julle die regter vind is nié noodwendig die vertrek waarin hy "vermoor" is nie hoor. En maak gerus gebruik van ons twee eregaste se kennis. Die *handsome* speurder Cronje en sy regterhand die jonge AFP *genuis* Righard Roux is spesiaal genooi om dinge bietjie op te *spice*. Hulle moet kyk of hulle die moordenaar eerste kan vastrek. Maar ons maak dinge bietjie moeiliker vir hulle. Hulle kry geen leidrade nie. En julle mag enige tyd hul hulp inwin en vrae vra. Wanneer dit gebeur moet hul eers hul *eie ondersoek* stop en help. So kom ons kyk wie van julle kan die twee uitoorlê en die speletjie wen."

Lushé blaas 'n soen in Cronje se rigting.

"Dankie dat julle twee *gorgeous* manne.. Wag, waar is meneer Roux?" Sy kyk die gaste vinnig deur. "Sjoe hier is nou so baie Roux's ek weet nie watter een die regte een is nie. Maar daar gelaat, dit is dan al van my kant af. Ons sal na die afloop van die speletjie verdere afkondigings maak aangaande die spys en drank. Nou ja, laat die pret begin!"

Daniël Short klap nie hande toe die irriterende partytjie organiseerder uiteindelik klaar gepraat het nie. Hy hou sy oog op die man wat met die gang af verdwyn. Dit lyk na die regte Roux-vent. Sy sake sal vir eers moet wag.

Hy sal verkies om hom nie in die jong AFP vas te loop nie. Inteendeel, hoe minder mense sy bewegings raaksien, hoe beter. Maar na 'n sekonde of twee beweeg hy tog in die dieselfde rigting.

Sý besigheid met Ren Taljaard kan nie langer wag nie.

Hy besluit om eers na die regter by die laaste deur aan die einde van die gang te begin soek. Maar daar gekom vind Daniël die deur is gesluit. Hy trek-stoot weer aan die handvatsel net om seker te maak.

Maar dan word die deur onverwags van die anderkant af skielik oopgemaak.

"Kan ek dalk met iets help?"

Daniël Short voel hoe sy hartklop versnel.

Dammit!

Hy glimlag.

"Nee, nee.. ek het net na die naaste badkamer gesoek."

Verbeel hy hom of lyk die vrou half verskrik?

Sy was duidelik haastig op pad uit en het nie verwag om in hom vas te loop nie.

Hy probeer oor haar skouer by die vertek inloer, maar sy trek die deur vinnig agter haar toe.

Sy het haarself soos die AFP vermom. Daniël Short merk dat haar uitrusting plek plek nat is. Asof sy water op haarself gemors het.

"Hierdie vertrek bly gesluit vir die aand. Die gaste badkamer is regs van die voorportaal. Ek kan jou gaan wys, maar Lushé het dit tog alles reeds verduidelik, dan nie?"

Hy haal sy skouers op, probeer verleë lyk.

"Jammer, ek het seker nie gehoor nie. Daai vrou praat so baie en deurmekaar." probeer hy grap.

Hy draai om, stap weg. Vee sy klam palms aan sy broek af.

Drie deure verder af met die gang, loer hy kamstig ingedagte terug oor sy skouer.

Die huishulp se oë bly op hom vasgenael.

Dammit! Wat nou?"

"Verskoon tog, speurder Cronje?" sê iemand toe Daniël Short oomblikke later weer die enorme onthaal area betree.

Hy wil hom eers wip vir die gas se onnoselheid, maar dan glimlag hy.

Uit die lys van karakters het hy gekies om homself soos die logge speurder vermom, juis omdat hul liggaamsbou byna dieselfde is.

En die feit dat ligte verdof is, is 'n ekstra bonus waarop hy nie gereken het nie.

So as hy hierdié gas met sy vermoming kon flous moét dit 'n teken wees.

Hy moet bly. Sy plan deur voer.

Hy gewaar die stok van die blinde mevrou Taljaard waar sy dit teen die pilaar laat rus.

In een vinnige beweging raap hy dit op.

Pasop Ren Taljaard, ek kom vir jou!

* * *

Cronje staan nou eenkant teen 'n muur. Hande diep in sy broeksakke gedruk. 'n Beduiwelde uitdrukking op sy gesig.

Hy weet hy het ingestem om hier te wees, maar wié met helder denke beplan 'n moord-speletjie as vermaak?

Moord is geen speletjie nie. Dit is nie iets om ligtelik op te neem nie!

Sover dit hom aangaan is hierdie hele aan 'n bespotting van sy werk, en dit waarvoor hy staan!!

Hy gee 'n vermomde weergawe van homself 'n vuil kyk. Die opgewonde gas was op pad om hom iets te vra maar na die vuil kyk, verander die liefs van rigting.

En dit is die ander ding wat sy bui nog meer laat versuur.

Hierdie vermommings-snert!

Die keep tussen sy wenkbroue verdiep.

As dit nie vir sy lojaliteit teenoor kaptein Griesel was nie, het hy nou geloop.

"Why the long face, Batman?"

Die einste partytjie organiseerder probeer nou na haar toespraak by Cronje inhaak, maar dié keer is hy te vinnig vir haar.

"Jy kan my adresseer as *speurder* Cronje of glad nie. En hou jou pof handjies vir jouself. Ek hou nie van vatterige vroumense nie."

Hy sien die verslaenheid op haar gesig maar dit traak hom nie.

'n Vrou kom vanuit die gang nader geloop. Knipoog vir die verslae Lushé voor sy Cronje aanspreek.

"Dink jy nie jy neem dalk dinge bietjie te ernstig op nie speurder Cronje?"

Sy hou haar hand uit. Stel haarself voor.

"Ulke Taljaard. Ren se skoondogter. Dit is voorwaar 'n voorreg om die bobaas speurder van die Wes-kaap te ontmoet."

Cronje hou sy hande in sy broeksak.

Sy glimlag onaangeraak deur sy ongeskiktheid, raak instede liggies aan die partytjie organiseerder se arm.

"Lushé, ek dink ons kan maar begin. Jy weet waar die hoof lig skakelaar is."

Dit neem Lushé 'n oomblik om tot verhaal te kom.

"*Pof handjies*? Jý, jý is 'n gevoellose vark..." snou sy hom vernederd toe. "...Maar jou dag sal kom.."

"Sy het nogal 'n ding vir drama." giggel Ulke Taljaard toe Lushé hoogs onsteld weg waggel.

Die regter se skoondogter is lank en maer. Dus was dit seker vanselfsprekend dat haar keuse van vermomming soos dié van Roux sou wees.

"Ek weet dit mag dalk nie so voorkom nie, maar ek kan jou belowe almal hier vanaand het net die wêreld se respek vir jou en meneer Roux het. Die idee was nooit om 'n bespotting van julle te maak nie. Inteendeel as dit nie.."

Cronje is nie lus vir haar paai praatjies nie. Hy val haar in die rede.

"Sluit dit nou jou skoonpa in?"

Ulke kyk hom verward aan.

"Ek verstaan nie?"

"Die *respek* waarvan jou praat. Sluit dit Ren in? Jou skoonpa flous dalk die meeste deur agter sy regterlike toga te skuil. Maar ek het al genoeg met hom te doen gehad. Ek ken sy ware kleure."

Sy knik haar kop stadig.

"Ek het gehoor jy word nie deur roem, rykdom of amp geïntimideer nie speurder Cronje. My skoonpa is dalk nie die maklikste mens om mee saam te leef nie. Maar dit gesê... Hy het nie gekom waar hy vandag is deur sag te wees nie.. Sy beroep, die besluite wat hy daagliks moet neem. Dit is 'n groot verantwoordelikheid."

Haar blik dwaal na haar man wat verder weg tussen gaste staan en gesels.

"Ek dink om onder sulke konstante druk te werk verander 'n mens..."

Dit is asof Jean sy vrou se blik aanvoel. Hy kyk meteens in haar rigting. Knipoog.

Haar gesig helder op.

"As jy my sal verskoon." sê sy en knip hul gesprek kort.

Cronje hou die Taljaard-paartjie ingedagte dop.

Jean neem haar hand in syne. Gee die agterkant 'n soen. Hul bly so hand in hand staan. Jean staar met groot bewondering na haar terwyl sy op haar beurt iets aan iemand verduidelik.

Kort daarna fluister Ulke iets in haar man se oor.

Hy knik en laat los haar hand.

Sy is eerste om by die vertrek uit te stap.

Hy volg haar kort daarna. Die twee is duidelik nog dolverlief.

Cronje begin in dieselfde rigting loop.

Nie omdat hy hul wil agtervolg nie.

Bloot omdat dit die gang is waarlangs hy Roux laas sien verdwyn het.

Maar dan word die vertrek meteens in donkerte gehul.

'n Skrille gil breek deur die lug. Dít ten spyte van Lushé se waarskuwing vooraf.

Cronje hou aan beweeg.

Die donkerte pla hom nie. Sy sig sal binne die volgende paar sekondes aanpas. Hy moes al in baie donkerder situasies as dié een sien klaarkom.

Die ligte sal ook nie te lank af bly nie, net met dié spul bangbroeke nie.

Almal het meteens opgehou praat.

Die skielike spanning in die lug amper tasbaar.

Cronje vind dit uiters komies.

Hier en daar maak iemand keel skoon om die stilte te verbreek.

"Wanneer gaan die ligte dan nou weer aan?" fluister 'n gas benoud.

Erens, dieper in die huis klap 'n deur toe. Die geluid weergalm soos 'n bode wat slegte nuus bring.

Nog stilte.

Nog donkerte.

Hy omseil die verstokte gaste, beweeg by die gang af.

Hiér is dit wél effe moeiliker om voor hom te sien.

"Roux?"

Stilte.

Hy stap al die pad tot by die laaste deur aan die einde van die gang. Die deur staan op 'n skreef. Hy stoot dit verder oop. Steek sy kop by die vertrek in.

Terselfdetyd flikker die ligte weer aan.

Righard Roux staan kniediep in die vlak kant van die swembad.

Sy hand om die regter se nek. Asof hy die man se kop onder die water hou.

"ROUX!?"

Die jong AFP kyk op. Sy oë vol vrees.

Hy laat los onmiddelik sy greep op die regter.

Ren Taljaard se lewenslose liggaam sak stadig maar seker onder na die bodem van die swembad toe.

"Hy.. hy is dood." stamel Roux.

Cronje weet nie wat om te maak van wat hy sopas gesien het nie.

Hy laat die skielike ondraagbare stilte tussen hulle vir eers sý enigste reaksie in daardie oomblik wees.

5.

'n Ketting-reaksie van gebeure volg.

En dit gebeur alles in 'n kwessie van sekondes.

Die huishulp, Karin Fletcher verskyn in die deur. Met die eerste oogopslag neem sy alles in. Roux wat op die swembad se trappie staan. Cronje wat vir 'n oomblik verstar na hom staar. Die manier waarop die regter se liggaam bewegingloos op die bodem gaan lê.

"Wat is fout? REN?!" roep sy in die hoop dat hy haar stem onder die water sal hoor en daarop sal reageer. Hy reageer nie.

Daar is die meteense bewuswording dat iets nie pluis is nie. Vrees flits oor haar gesig.

Cronje sien hoe haar lyf begin ruk. Die skok slaan vinnig toe en laat haar lendelam. Sy bly verslae op die plek staan. En toe gil sy.

"NEE REN! NEE!!"

Jean Taljaard verskyn uit die bloute en storm by Cronje verby.

Hy spring in die swembad in, voor Cronje behoorlik tot verhaal kan kom.

"NEE JEAN! KEER! HELP HOM! JEAN KAN NIE SWEM NIE!" roep die huishulp nou nog meer beangs.

Net voor Roux agter Jean Taljaard in duik merk Cronje die nat kolle op Karin se uitrusting. Maar in die warboel gaan die belang daarvan vir eers by hom verby.

Die toneel wat daarna afspeel is hartverskeurend.

Roux kry die regter se seun aan die arm beet.

Jean spartel en probeer homself met alle geweld los ruk. Dit is 'n trae mankoliekige nat gestoeiery.

Dit lyk byna asof hy nie gered wil word nie.

Intussen roer die lewelose liggaam doelloos heen en weer op die bodem van die swembad.

"LOS MY! HELP HOM! LOS MY!" bulder hy met 'n gebroke desperaatheid wat Cronje na jare in die diens so goed ken, maar nooit aan gewoond sal raak nie.

Cronje duik self in die swembad in. Die angsbevange krete nou net 'n dowwe geluid onder water.

Eers nadat Cronje die regter se lyk uit die water lig, laat Jean Roux toe om hom na die kant van die swembad te bring en uit te help. Die jong man gaan sak snikkend voor die die voete van die verslae huishulp neer. Cronje begin onmiddelik met die toepaslike noodhulp. Maar dit is verniet. Na wat na 'n ewigheid se aanhou probeer voel, gebruik hy sy baadjie om die gesig van die oorledene te bedek.

Meeste van die gaste is teen dié tyd toeskouers. Weliswaar was daar eers 'n paar mense wat gedink het Karin se krete en die daaropvolgende gebeure was alles deel van die speletjie en alles net goeie toneelspel. Maar kort daarna het die werklikheid ingesink en die nuus het soos veldbrand deur die huis en onder die res van die gaste versprei.

Die gevolg is chaos en paniek.

Cronje vee sweet van sy voorkop af.

Sy borskas brand. Sy hande bewe. Alles 'n nadraai van 'n onsuksesvolle reddingspoging.

Hy stuur 'n onderlangse blik na Roux.

Hul het 'n wedersydse verstandhouding.

Roux weet wat Cronje waargeneem het, en skuldig of onskuldig, weet hy ook wat van hierdie punt af van hom in sy professionel kapasiteit vereis word.

Cronje voel intussen deur sy broeksakke.

Bring sy selfoon te voorskyn.

Hy probeer dit verniet aktiveer.

Hy en alles aan hom is deurdrenk van die water.

Hy trap sy skoene aan die hakskene uit. Die onpaar sokkies, een groen, een geel hou hy vir eers nog aan.

Die water stroom by sy dienspistool se loop uit. Hy sit alles eenkant op 'n hoop neer.

"Toe nou. Almal uit! Terug voorportaal toe!" bulder Cronje hardop en boeder almal by die vertrek uit.

Hy trek die deur agter hom toe. Los vir vir eers Jean, die huishulp en Roux alleen langs die swembad. Loop met sy nat sokkies agter die geskokte gaste in die gang af.

Jenna, Ulke en die mollige Lushé forseer hul pad stroom-op tussen almal deur.

"Wat .. wat is aan die gang speurder Cronje?"

Konstantyn kan die vrees in die blinde vrou se stem hoor. Die hoop en verwagting dat die fluister-nuus in die gang verkeerd is.

Die beeld van Roux in die swembad flits weer deur sy gedagtes.

"Ek is jammer. Ren is dood."

Al drie vroue steek in hul spore vas.

"Dit kan nie wees nie." stry Ulke en skud haar kop in ontkenning.

"JEAN??!!" skree-roep Jenna Taljaard verbouereerd.

Agter Cronje gaan die deur oop. Ulke sien vir Jean in sy nat klere en die verslae kyk op sy gesig. Sy los haar skoonma en storms in haar man se arms in.

Die blinde mevrou Taljaard leun meteens vooroor op haar wit stok, asof iemand haar wind uitgeslaan het.

Lushé klap geskok 'n hand oor haar mond voor sy ondersteunend na die regter se vrou toe uitreik.

Meteens is dit asof die omvang van wat hy waargeneem het Cronje ook nou eers werklik tref.

Hy bly 'n oomblik besluitloos by hulle staan.

Genadiglik skop jarelange se ondervinding geleidelik automaties in.

Hy is 'n speurder.

Hier is 'n moord gepleeg.

Hy moet die nodige prosedures volg.

Hy trek 'n hand deur sy nat bos hare.

"Niemand mag die huis verlaat nie!"

Cronje rig dit as 'n opdrag aan die partytjie organiseerder.

Hy weet nie of sy die tydelike verwarring op sy gesig raak gesien het nie. Maar as sy het, maak sy niks daarvan nie.

"Ek sal seker maak.." knik sy.

Hy wens hy was nie op die vroumens se hulp aangewese nie, en dit nogal nadat hy skaars 'n paar minute gelede seker onnodig ongeskik met haar was. Maar vir nou het hy geen ander keuse nie. Roux moet so ver moontlik van alles en almal weggehou word.

Cronje vra of hy haar selfoon kan leen. Sy oorhandig dit, help daarna eers die geskokte Jenna by die binnehuise swembad in, voor sy by hom en die gaste in die voorportaal aansluit.

Roux, bly vir eers saam met die verslae Taljaard gesin en huishulp langs die swembad staan.

In die voorportaal kondig Cronje met outoriteit die verloop van gebeure aan.

Hy maak dit ook duidelik dat alle versoeke vir eers deur die stil geskokte Lushé hanteer sal word.

"Net vir tyd en wyl tot die polisie opdaag."

"Maar jý is die polisie!?" roep iemand uit die gehoor.

"En hoekom die polisie betrek, vermoed jy vuilspel speurder Cronje?"

Cronje maak 'n bevelende handgebaar.

"Ek hoef nie my optrede te verduidelik nie. Julle doen soos ek sê, en vir nou sê ek, julle wag net hier! Die een wat dit waag om sy neus in die gang af te steek, arresteer ek op die plek."

Hy sleutel sy bevelvoerder se nommer op Lushé se selfoon in. Druk die groen knoppie. Besef dat hy vir die eerste keer in sy loopbaan nie weet hoé om die afgelope gebeure te rapporteer nie.

"Kaptein Griesel hier."

"Kaptein..... Dis Cronje...."

Die res van die woorde steek in sy keel vas.

"En nou.. Van watter nommer af bel jy?... Wat is dit Konstantyn?"

Hy haal diep asem en wonder uit die bloute hoe Miertjie op dié nuus gaan reageer.

"Regter Taljaard is dood en ek dink...Ek dink.. Roux het hom vermoor."

('n Halfuur na die moord.)

Cronje het speurder Visagie nog nooit so vinnig by 'n misdaadtoneel sien opdaag nie.

Die andersins traak-my-nie-agtige speurder draf nou met groot haas die Taljaard woning se buite trappe op.

Cronje wag hom by die voordeur in.

Die gesprek met sy bevelvoerder op Lushé se selfoon was kort en kragtig.

"Daar is niemand anders beskikbaar nie. Jy en Visagie gaan moet saam werk Cronje. Maak seker julle los die ding op voor die media snuf in die neus kry. Ek vlieg op die eerste beskikbare vlug terug Kaap toe. En Konstantyn...?"

"Kaptein?"

"As Roux werklik skuldig is....Ek weet julle is goeie vriende maar..."

"Ek weet hoe om my werk te doen kaptein."

* * *

"Cronje." groet Visagie toe hy Cronje by die deur sien staan. "Ek sien die sekuriteitswag is nie by die houthuisie nie."

Konstantyn knik, ignoreer sy opmerking oor die sekuriteitswag en begin vooruit in die huis in loop.

27

Halfpad by die voorportaal in, kyk hy terug oor sy skouer en sien hoe Visagie oopmond alles in die ermome plek loop en beskou.

"Fokus Visagie." blaf hy ongeduldig en loop vinniger vooruit.

Speurder Jan Visagie is 'n kort plomp mannetjie met groot ore en 'n bos rooi hare. Hy en Cronje het nog nooit om dieselfde vuur gesit nie. Hy is wel goed rekenaar vaardig. Vanaf die destydse rekenaar stiffie tot die hedendaagse sekurtiteitstoestelle. Miskien, as hy met dieselfde oorgawe aandag en kennis op sy speurwerk gefokus het, sou Cronje anders oor hom gevoel het. Want, wanneer dit by Visagie se werk gekom het was hy volgens Cronje, onprofessioneel, lui en selfs agterbaks.

Hoekom sy bevelvoerder besluit het om hóm te stuur gaan Cronje se verstand te bowe. Hy het die kaptein probeer oortuig dat Visagie (veral onder gegewe omstandighede) nié die beste persoon vir die taak was nie. Maar kaptein Griesel se bevel was duidelik.

" Óf ek stuur Jan Visagie om die ondersoek te hanteer óf jý arresteer Roux op die plek vir die regter Taljaard se dood."

Cronje was tussen twee vure..

Hy weet wat hy in die binnehuise swembad gesien het, maar as hy verkeerd was... (En hy wou nog nooit so graag verkeerd gewees het nie.) Sou 'n arrestasie deur hom, nie net Roux se vleklose reputasie permanent skade aandoen nie, maar ook hulle vriendskap vernietig. Om nie eers te praat van die klad teen Griesel en die speurdiens nie.

Visagie gee 'n onderlangse fluit, neem dan 'n paar vinnige tree om by Cronje by te bly.

"Sjoe! Duidelik is ons in die verkeerde beroep my ou. Ek het gedag die regters in ons land is *overworked and underpaid*. Maar kyk hoe massief is die plek dan."

Hy probeer Cronje speels in die ribbes pomp, en dit kos al die speurder se selfbeheersing om nie voor die gaste daarop te reageer nie.

Hy haat dit as Visagie *my ou sê*.

Maar nog meer as dit, is dit die manier hoe Visagie nou met daardie klein bruin ogies van hom die heeltyd bly rondkyk. Hy loop behoorlik oopmond en vergaap hom aan alles.

Cronje voel sy frustrasie opbou. Hy vertrou nou maar eenmaal nie die man nie.

"Het die kaptein jou op hoogte gebring van die situasie?" vra Cronje kortaf.

"Jip. En net sodat jy weet. Al is Roux een van ons, gaan ek my nie aan my neus laat rond lei nie. Nie deur hom of énige iemand anders nie.."

Cronje steek in sy spore vas. Buig vooroor tot sy neus amper aan dié van Visagie raak.

"Wat insinueer jy nou eintlik Jan?"

Sy klein bruin ogies rek effens.

"*Chill* my ou." sê hy vol vals bravade en neem 'n tree terug.

Maar Cronje is met net een beweging weer terug in sy gesig.

Hy byt die woorde skaars hoorbaar af.

Hy weet sy optrede is verkeerd. Onprofesioneel.

Hy kan die gaste se oë op hom voel.

Die idee is om Visagie se teenwoordigheid na normale prosedure te laat lyk. Hul moet 'n verenigde front voorhou. Maar die man skroef hom, soos gewoonlik, verkeerd op!

"Ek stel voor jy hou jou bevooroordeelde opinie vir jouself. Hierdie is 'n helse lelike ding Visagie. Onthou net een ding.. Of Roux skuldig is of nie. As jy hierdie ondersoek op boggher gaan 'n klomp onskuldige koppe waai. Insluitende joune."

Hy draai om en loop verder. Ignoreer die onderlangse gefluister.

Visagie volg hom en praat eers weer toe Cronje die deur na die misdaadtoneel voor hom oopstoot.

"Jammer Cronje. Ek weet hierdie is 'n moeilike een vir jou my ou. Maar glo my as ek sê,ek is net so verbaas. Ek meen, *Roux* van alle mense. Komaan. Niemand het dit sien kom nie."

Cronje bly in die deur staan terwyl Visagie by hom verby stap.
Die speurder se woorde tref hom soos 'n helse hou in die maag.

Komaan. Niemand het dit sien kom nie....

Hý moes.

Hý het gesien daar was iets aan die broei met sy vriend.
Maar hy sou nooit kon raai, dit sluit moord in nie.

6.

Intussen stel Visagie homself aan die Taljaard familie bekend. Cronje staan eenkant en hou sy vriend dop.

Die littekens van die besering wat Roux destyds tydens hul eerste gesamentlike ondersoek opgedoen het, is steeds sigbaar. Die ligte rooi-pers riwwe lê vanaf sy voorkop regoor sy linkeroog tot oor sy wang.

Roux stap tot waar die drenkeling lê.

Hy kniel, leun effe vooroor asof hy die liggaam probeer bestudeer.

Toe Visagie dit sien storm hy op Roux af.

"Wat dink jy doen jy?"

Almal verstar, kyk verward na mekaar.

"Jy hou jou pote tuis Roux!"

Cronje skud sy kop.

Jy bly 'n blerrie idioot Visagie!

"Wat is besig om te gebeur?" vra die blinde Jenna.

Dié keer is dit Visagie wat sy fout besef.

Niemand is bewus van wat Cronje gesien het nie. Hy wat Visagie is, moet vasstel of Roux skuldig is, maar hy moet diskreet wees met sy ondersoek.

Ulke Taljaard verduidelik aan haar skoonma dat die beste AFP in die land deur die speurder verbied word om naby die liggaam te kom.

"En presies wat is die rede daarvoor speurder... Visagie, né?" vra Ulke met groot agterdog.

Visagie word nou bloedrooi in sy gesig. Hy kyk in Cronje se rigting vir ondersteuning.

Cronje wat veel eerder die simpel speurder aan sy keel wil gryp, gee 'n bo-langse verduideliking.

-Ter wille van Roux.

"Dit is bloot prosedure. Die mediese ondersoekspan moet die voorlopige na doodse ondersoek nog uitvoer en Visagie probeer enige toevallige kontaminasie van die liggaam vermy. Dit vergemaklik net die ondersoekspan se werk. Hulle sal seker binnekort hier wees."

Jean frons.

"Maar as hy bloot net verdrink het.."

"NOOIT! Ek glo dit nie. My man het nie nét verdrink nie!" roep Jenna Taljaard histeries uit.

"Miskien het hy 'n hartaanval gehad terwyl hy in die water was.." fluister Karin skaars hoorbaar.

"Onmoontlik. My skoonpa was superfiks!" las Ulke by.

Cronje maak hul met sy gewone bevelende handgebaar stil.

"Die mediese ondersoekspan sal die antwoorde kry."

Karin begin weer huil.

"Hoe lank moet ons nog wag... Asseblief. Dit is uiters traumaties om hom só te sien lê."

Kort voor lank is almal van voor af oorstuur deur emosies.

"Hemel Visagie. Vat die mense na 'n ander vertrek toe. Ek en Roux kan mos vir die ondersoekspan wag." stel Cronje voor.

Speurder Visagie se klein bruin ogies spring tussen Cronje en Roux rond. Hy is uitdruklik deur Griesel beveel om onder geen omstandighede vir Roux en Cronje saam alleen te los nie. En Cronje weet ook van beter. Net die feit dat die bombastiese speurder die voorstel maak, laat Visagie verdag.

Hy skud sy kop, kies sy woorde die keer meer versigtig.

"Jy weet daar is verskeie redes hoekom ek nie dit.."

Cronje bal 'n vuis uit frustrasie. Maar 'n klop aan die deur verbreek gelukkig tydelik die onderliggende spanning tussen die twee speurders.

Lushé steek haar kop by die deur in. Haar blik beweeg oor

almal se gesigte, rus 'n oomblik langer op die liggaam wat onder Cronje se baadjie lê.

"Hulle is hier.. met die trollie om..." Sy maak nie haar sin klaar nie, staan net eenkant toe sodat die mediese ondersoekspan by haar mollige lyf kan verby kom.

Terwyl dit gebeur loop Cronje na die aantrek-kamer toe. Die deur staan halfpad oop. Hy tree by die gaping in, sien die basiese uitleg van die vertrekkie. 'n Klein sitbankie, 'n rak gepak met handdoeke en 'n spieël teen die muur.

In die weerkaatsing van die spieël reflekteer die agterplaas deur groot glasvensters. Twee kleiner venstertjies bokant die grotes vir lug sirkulasie. Die een venstertjie is nie op knip nie. Staan effens oop.

"Menere." groet Visagie die twee met die trollie wat eerste inloop. Dan fokus hy sy aan aandag op die vrou wat na hulle in gestap kom.

"Jy rapporteer jou bevindings aan my alleen. Verstaan ons mekaar Alice?"

"Alice." die mediese ondersoek beampte kyk vraend na Cronje. Hulle werk al jare saam in die diens.

Sy groet terug, lyk 'n oomblik verward. Die feit dat Visagie bevele uitdeel, en dit in Cronje se teenwoordigheid het nog nooit gebeur nie. Cronje ignoreer egter haar vraende blik en Roux toon ook geen reaksie nie. Anders as Visagie hanteer sy die situasie verder op 'n kalm en professionele manier.

Toe Alice die baadjie van die regter se liggaam af lig hou Cronje meer uit gewoonte as enige iets anders almal in die vertrek se reaksie fyn dop.

Roux skud sy kop. Draai om, stap met sy hande op sy kop na die vensters wat uitkyk op die agterplaas van die enorme woning. Hy bly na die groot boom in die agterplaas staar. Bestudeer die takke met groot belang. Loop tot by die aantrek-kamer. Loer na binne. Dan weer terug na die vensters.

Jean, Ulke en Karin staar in ongeloof.

Jenna breek uit haar seun se omhelsing. Voel-voel haar pad met die stok vorentoe.

"I need to see him please.."

"Nee." sê Alice eers pertinent, maar dan kyk sy op. Sy sien vir die eerste keer die stok in die blinde vrou se hande raak. Die trane wat oor haar wange stroom.

Sonder 'n verdere woord staan sy op en help die weduwee tot waar haar man lê.

Jenna Taljaard sak op haar knieë neer. Onder die wakende oë van Alice beweeg Jenna haar bewende vingers soos vlinders oor haar man se gesig. Dit is 'n prentjie wat Cronje nooit sal vergeet nie. Die tere aanraking oor die ou uitdrukkinglose gesig.

Dit is ook gedurende die tyd wat Visagie iets in Alice se oor fluister en dan die vertrek verlaat.

Cronje is nie seker waarheen hy verdwyn nie maar hy is oortuig Visagie het Alice opdrag gegee om niks van haar bevindings aan Cronje te noem nie. En ook om enige kommunikasie tussen Cronje en Roux aan hom te rapporteer.

In gedagte merk Cronje weereens die nat kolle op Karin Fletcher se uitrusting.

Hy onthou hoe sy Jean vroeër getroos het. Hoe Jean met sy nat klere uit die swembad geklim en teen haar bene geleun en gehuil het.

Maar, iets omtrent haar nat klere bly hom pla.

'n Knaende gedagte roer in sy onderbewussyn.

Was haar uitrusting nie vroeër reeds nat nie?

7.

('n Tyd later)

Daniël Short voel hoe sy hartklop jaag terwyl hul die trollie met die lyk daarop voor hom en die res van die gaste by die voorportaal uit stoot.

Hy probeer sy asemhaling onder beheer kry.

Vee die sweet vinnig van sy voorkop af.

Dinge het vinniger gebeur as wat hy verwag het.

Hy het gehoop om teen dié tyd ver weg te wees.

Kort op die hakke van die mediese ondersoek beampte en haar span, volg Visagie, Roux en Cronje. 'n Kamstige formidabile span, dink Short.

Visagie trek 'n stoel nader, klim daarop en vra almal se aandag.

"Goeie naand. My naam is speurder Jan Visagie. Eerstens dankie vir u samewerking. Ek weet 'n mens beleef skok en ongeloof wanneer 'n belowende aand van pret uitloop op 'n onverwagse tragedie. Die voorlopige ondersoek duid daarop dat regter Taljaard verdrink het.."

Hy huiwer 'n oomblik voor hy verder praat.

Daniël Short hou sy asem op.

Hy besef die kort rooikop speurder staar nou direk na hom.

Hy wonder of die speurder iets vermoed?

Dit kan nie die stok wees nie. Dié het hy weer terug besorg.

Hy vryf onbewustelik oor die langbroek wat hy aanhet.

Hy moes sy eie broek uittrek, dit het nat geword tot by sy knieë.

Hy het sommer die regter se broek, wat in die aantrek kamertjie opgevou gelê het, gegryp en dit aangetrek. Maar dit het onnodig tyd gemors en nou moes hy van sy eie broek ontslae raak.

Hy steek die verdoemende opgerolde bewysstuk nog dieper onder sy arm weg.

"Ek vra net u geduld vir 'n langer tydjie.." Gaan Visagie voort. "Ek wil net nog 'n paar ondervragings doen en verklarings afneem. Dit is alles normale prosedure. Daarna kan u almal huis toe gaan. Dankie."

Die reeds onrustige gebrom onder die gaste vererger. Visagie het nie juis oortuigend voorgekom nie.

Cronje bekyk die rooikop speurder terwyl hy op die stoel staan.

Hy wat Visagie is, bly glimlag soos 'n kat wat 'n piering room in het.. Dit irriteer Cronje grensloos. Dit is asof Visagie iets weet en dit probeer wegsteek.

Visagie het skaars klaar gepraat, en van die stoel af geklim of Jean kom van die binnehuise swembad in gestorm.

"DAAR IS GEEN MANIER DAT MY PA VERDRINK HET NIE! GEEN!"

Hy kry 'n gas aan die arm beet.

"Iemand het my pa vermoor! Hoor julle my?! Iemand het hom vermoor!?"

Daniël Short voel hoe die skrik deur sy lyf ruk.

Jean Taljaard se oë is wild. Hy bly hom aan die arm rondruk. Short wens hy kan homself uit Jean se greep losruk, maar dit mag verdag voorkom.

Ulke kom agter haar man aangehardloop.

"Wag Jean....asseblief. " maar haar pleidooi is reeds te laat.

Jean het reeds die saadjie van twyfel geplant en die gaste vermoed ook nou die ergste.

Vir 'n tweede keer daardie aand breek daar chaos los.

Intussen, terwyl Jean hom aan die arm rondgepluk het, het Daniël Short die vervlakste nat broek wat hy onder sy arm ingedruk het, per ongeluk laat val.

Hy tel dit nou vinnig op.

Kyk angstig rond of iemand dit opgemerk het..

Vir 'n oomblik maak hy en die berugte AFP oogkontak.

Hy sien hoe Roux na die nat bondel is sy hande kyk.

Tog lyk dit nie asof enige iets verdag by die jong speurder registreer nie.

'n Gas draai na hom. "Nee! Wie sou so iets gedoen het?!" vra die persoon en beweeg toevallig voor Roux se gesigsveld in.

"Ek weet darem nie." antwoord hy en frons kamstig bekommerd.

Daniël Short weet hy is 'n man van vele gesigte. Vir nou lyk hy oortuigend en geskok oor Jean Taljaard se uitlating, maar in sy binneste lag hy hardop.

Intussen het Visagie weer terug op die stoel geklim. Hy probeer vergeefs om sy eie stempel op die gebeure af te dwing.

Almal draai nou na speurder Cronje en die jong Roux vir antwoorde.

Visagie kom dit agter en hy kry die ou bekende gevoel van minderwaardigheid en jaloesie. Dit broei al lank binne hom.

Maar elke hond kry sy dag en vandag is sýne.

Hy geniet dit om die Wes-Kaapse bobaas speurder so uit sy gemak sone te sien.

Die andersins arrogante en bombastiese man staan hande oor die bors gevou. Hy lyk iets tussen bekommerd en beduiweld. 'n Diep frons tussen sy wenkbroue.

Dit verskaf Visagie groot genot dat hý vir nou die hef in die hand het.

As hy net beheer oor die gaste ook kan kry...

Terselfdertyd neem dit baie wilskrag van Cronje om sy hande oor sy borskas gevou te hou.

Hy wil veel eerder die nuttelose Visagie op sy plek sit en beheer oor sake neem. Maar hierdie is nie sy ondersoek nie. En hy sal moet fyn trap, hy herinner homself weereens daaraan dat dinge vir al die betrokke partye baie vinnig lelik kan raak.

Hy kyk na Roux wat langs hom staan. Hy sien hoe sy vriend vir 'n oomblik op iets of iemand tussen die gaste fokus.

Hy volg Roux se blik, maar kan nie uitmaak waarna of na wie

Roux kyk nie. Iemand wat tussen die ander gaste rondbeweeg?

Cronje neem 'n diep asemteug.

Die twee van hulle het nog nie 'n oomblik gehad om te gesels oor wat in die binnehuise swembad afgespeel het nie. Dinge het so vinnig gebeur. Eers het Karin ingestorm, daarna Jean..

Cronje wonder weer oor sy aanvanklike waarneming van gebeure by die swembad.

Die twyfel knaag vanselfsprekend al hoe meer aan hom.

Maar hoe dit ookal sy, hul sal in elk geval nie nou meer 'n gesprek oor die gebeure kan hê nie.

Nie alleen nie. En ook nie soos vriende nie.

Nie nadat Cronje vir Roux, sy beste vriend as hoof verdagte aangekla het nie.

"MENSE ASSEBLIEF! KALMEER! DIT WAS DIE GESKOKTE UITLATING VAN 'N MAN WAT SOPAS SY PA VERLOOR HET!" bulder speurder Visagie bokant al die stemme uit. "EN SOOS EK REEDS GENOEM HET, HET HY VERDRINK. DUS KAN.."

"Hoe? Hoe het hy verdrink?" roep iemand.

Cronje gee nie verder aandag aan wat Visagie sê nie, sy oog val op Lushé wat nader gestap kom.

"Ek het gaan inloer by Jenna. Sy het my gestuur om jou te kom roep *lovely*."

Die vrou se simpel noem-name bly hom dwars in die krop steek.

Cronje begin weer verduidelik dat Visagie hoof van die ondersoek is maar sy sny hom vinnig af.

"Sy het daarop aangedring *dearie*.... Asseblief."

Cronje knik, maar Visagie is soos blits langs hom.

"Hokaai. Waarnatoe dink jy gaan jy my ou?"

Daar is dit weer.. Dink Cronje. *Die simpel glimlag wat hy probeer afsluk.*

"Ek het jou hier nodig my ou. Jy moet verklarings begin neem en .."

Hy wink Roux ook nader.

"En jý kom saam met my. Tyd dat ons twee ernstig gesels."

Visagie stoot sy bors uit, knipoog vinnig onderlangs vir Cronje asof hul een of ander verstandhouding het. Maar in plaas van in beheer lyk, herinner hy Cronje aan 'n kapok-hoendertjie.

En Cronje hou nie van hoenders nie.

"Mevrou Taljaard wil eers *private* met *mister handsome* hier gesels. *So sorry for you.*" sê Lushé en stoot hom speels met 'n mollige heup eenkant toe.

Cronje se nekhare rys. Hy is nie seker hoeveel langer hy haar noem-name kan verdra nie.

Visagie wou nog kapsie maak maar Lushé het reeds omgedraai en weggestap.

Cronje doen dieselfde.

Ten spyte van sy frustrasie probeer Visagie in beheer van sake lyk.

"In daai geval, kan jy sommer die vertrek ook gaan af seël. Én, jy karring nie met die ander naasbestaandes nie, Cronje. Laat hulle vir *my* in die sitkamer gaan wag."

Cronje lig sy hand bokant sy kop, bevestig dié bevel met minagting.

Dan steek hy vas, draai terug.

Volgens korrekte prosedure mag hy as vriend, kollega, maar ook ooggetuie, nie teenwoordig wees tydens Roux se ondervraging nie. Tog weet hy skielik hoe om dié probleem te omseil.

Jan Visagie sal nie sy versoek teenstaan. Selfs hy is nie so dom astrant nie.

"Ek ruil jou. Inligting vir inligting Jan. Jy laat my insit op Roux se ondervraging, en ek sê jou wat die weduwee gesê het."

Visagie gluur hom aan. Weeg onmiddelik sy keuses teen mekaar op.

Het hy nóg enigsins enige addisionele inligting nodig?

Hy sit reeds met verdoemende bewyse. 'n Ontdekking waarvan Cronje salig onbewus is.

Cronje dink verniet hy is onbevoeg.

Hy wonder met watter plan Cronje besig is? Is hy van plan om sy verklaring terug te trek? Wil hy instede nou sy vriend en kollega se onskuld probeer bewys. Dit sou 'n saak van onmoontlikheid wees.. Roux is skuldig.

Die vraag was net hoe ver die bobaas Wes Kaapse speurder bereid was om te gaan?

Sal hy die wet oortree? Sy beroep en vleklose reputasie op die spel plaas vir Roux?

Net deur die voorstel aan hom - Visagie, is Cronje reeds besig om met vuur te speel.

Vanuit sy verwronge uitkyk, 'n plek van diep gewortelde jaloesie asook 'n behoefte aan erkenning, oortuig Visagie homself van die moontlikheid dat Cronje ook korrup kan wees.

"Goed Cronje. Ek en Roux wag vir jou buitekant. Maar weet net dit, Griesel gaan hiervan hoor."

Cronje glimlag oor die klein oorwinning. Kaptein Griesel gaan hom verseker oor die kole haal, maar hy was bereid om die pak te vat. Vir nou moet hy alles in sy vermoë doen om uit te vind wat in Roux se kop aan die gang is. Miskien kan hy daardeur sy eie skuldige gewete oor sy vriend se onverklaarbare betrokkenheid sus.

8.

Cronje draf eers na sy motor om die sak met die ekstra klere en ander benodighede wat hy altyd saamry uit die kattebak te haal. Op die agterste sitplek lê die geel lint waarmee hy die areas volgens Visagie se versoek sal af seël

Hy is net op die punt om die motor weer te sluit toe hy Roux se selfoon half versteek onder op die vloer van die voorste sitplek gewaar. Sonder om enige iets daarvan te maak tel hy die selfoon op en prop dit ook in die rugsak in.

Hy gooi die rugsak oor sy skouer en klim die trappe twee twee in sy nat klere en sokkies uit.

Aan die bo-punt van die trappe wag Lushé hom soos 'n getroue skoot-hondjie gretig in.

Nadat hy vroeër haar hulp gevra het hou sy nou sy elke beweging dop. Sy lyk veral baie belangstellend elke keer wanneer hy van haar selfoon gebruik maak.

Nadat hy die geel lint op al die nodige plekke gespan het, vergesel hy die Jenna na die sitkamer toe. Karin, die huishulp, Lushé, asook Jean en Ulke loop 'n paar tree vooruit.

Selfs al is hul buite hoor afstand praat die weduwee nogtans in 'n fluister stem.

"I know Ren didn't drown.."

Haar stelling vang Cronje effe omkant.

Sou dit beteken sy weet dit was Roux?

"Jy klink seker van jou saak."

"I am.."

"Verduidelik."

"Ren hasn't been himself lately. He was agitated, and seemed

to be working longer hours than usual. Also, he was receiving calls on his cellphone at the oddest of times. Over weekends, late at night.. Very out of the norm I might add. Ren hardly ever used his cellphone. When I asked him about it he couldn't give me a straight answer."

Haar beskrywing herinner hom meteens aan Roux en al sy fluister gesprekke die afgelope tyd. Cronje trek-trek aan die rugsak oor sy skouer. Dit voel meteens asof Roux se selfoon soos 'n warm kool dwarsdeur die sak tot teen aan sy vel brand.

I think he was trying to protect us."

"Beskerm? Teen wie?"

Sy haal haar skouers op.

"Now I know what you thought of my husband, detective, and I also know why... But whoever did this, blindsided him. It's exactly like Lushé said earlier tonight. I personally wrote up the guestlist. Everyone attending this party has some kind of relationship with Ren. Some are businessmen, or colleagues. But they are also our friends. Or so I thought.."

Sy begin weer snik.

"What kind of a friend would do such an awful thing, detective?! And here in our home!"

Cronje weet nie hoe om haar te antwoord nie, want hy voel ook verloën.

Hy was nooit die maklikste mens om mee saam te leef nie, dit was nog altyd 'n feit. En na die destydse groot gebeurtenis in hom en Miertjie se lewens het hy boonop besluit om nooit weer só seer te kry óf seer te maak nie. Dit was 'n uitgemaakte saak.. 'n Maklike besluit. Daarna was dit maar meestal hy en Miertjie teen die wêreld. En hy was tevrede daarmee. Selfs gelukkig. Dit het by sy persoonlikheid én hom en Miertjie se lewenstyl gepas.

Maar toe volg die ondersoek op *Groot Geheim*. Dié dossier vertel nie van die emosionele band wat noodgedwonge deur omstandighede gesmee is nie. Dit lig ook nie uit die respek wat Cronje vir die jong AFP ontwikkel het, of hoe hul vriendskap daarna oor maande stadig maar seker gegroei het nie. Hy het mettertyd sy hart en huis oop gemaak vir Roux...

Die omvang waarvan net Miertjie kon verstaan.

"The thing is.." gaan die weduwee voort nadat sy haar emosies weer onder beheer gekry het.

"I need to tell you something before you discover it and draw your own conclusion. Shortly after Ren got home tonight we had a huge argument. It was about his will. I recently discovered that he had made a change to it. He was planning on leaving a large sum of money aside. For no apparent reason. More than 2 million rand of our savings!. Needless to say I tried to talk him out of it, but once Ren had his mind set on something..."

"Hoe het jy van dit uitgevind?"

"Karin was cleaning the study and stumbled on the document by accident. She told me."

"En die uiteinde van jul argument?"

"He was planning on signing the revised version later tonight and sending it off to our lawyer in the morning."

"En net jy en die huishulp was bewus hiervan?"

Sy knik.

"En waar is die papierwerk nou?"

"I wish I knew."

"Met ander woorde die moontlikheid bestaan dat hy nie die opgedateerde weergawe geteken het nie, en dat dit nog hier erens is?"

"I.. I suppose so.."

Hy knik, vra nie verder uit nie. Wonder net watse speletjie die weduwee besig is om te speel.

Hul stap by 'n ruim sitkamer in.

Cronje merk die massiewe boekrak teen die een muur. Elke rak is netjies vol stapels boeke gepak. Terwyl hy wag vir almal om 'n sitplek te vind gaan staan hy voor die rak. Hy merk een boek wat effens uit plek is. Asof dit na gebruik nie deeglik terug gestoot is nie. Hy wikkel aan die boek. Sukkel ook om dit behoorlik terug tussen die ander boeke in te stoot. Hy doen dit meer om sy hande besig te hou, sy gedagtes is steeds by wat die weduwee hom sopas vertel het.

Die moontlike redes agter die oproepe en verandering aan die testament was legio en het nie noodwendig enige iets te doen gehad met wat met die regter gebeur het nie.

Of het dit?

Hy gaan die inligting intussen gebruik, en op die manier Visagie se aandag van Roux af trek, terwyl hy probeer uitvind wat aan die gang is met sy kollega.

Visagie sal nie die inligting kan ignoreer nie. Hy wat Cronje is, gaan seker maak daarvan.

Hy wonder oor beide die regter en Roux se optrede wat die afgelope tyd buite karakter was...En of dit toeval was?

Ken hulle dan mekaar?

Roux het nooit iets van die aard genoem nie. Maar duidelik is daar baie dinge wat Roux nie met hom gedeel het nie.

Toe die boek nie wil terug nie, los hy dit.

Met die omdraai slag kyk hy in Karin, die huishulp vas.

In daardie oomblik staan sy kiertsregop. Dit lyk asof sy haar asem angstig ophou, en hom met groot belangstelling dophou.

Sy besef Cronje merk haar gedrag op.

"Jy is nog druipnat speurder Cronje! Ek bring vir jou 'n handdoek en droë klere. Ek is seker daar is erens in die regter se klerekas iets wat vir jou sal pas."

Sy beduie na sy voete. Fluister skaam vir sy part.

"Ai tog en dan het jy nog per ongeluk onpaar sokkies ook aan.."

Sy is tot dusver die eerste en enigste persoon wat die onpaar sokkies opgemerk het.

Sy is verseker meer oplettend as die ander. Dié dat sy dalk die verandering aan die testament gesien het.

Hy beduie na sy sak.

"Ek het droë klere. Ek gaan net nou verkleë."

Hy sê niks oor sy sokkies nie.

Sy kyk weer af na sy voete.

"In daardie geval gaan ek vir almal iets te drinke maak voor speurder Visagie met die ondervragings begin." sê Karin.

Cronje hou haar onderlangs dop terwyl sy by die vertrek uitstap. Sy loer vinnig terug oor haar skouer in die rigting van die boekrak. Sy steek 'n oomblik vas in die deur asof sy van plan verander het. Maar trek sy haar rug regop en verdwyn om die draai.

Intussen sluip Daniël Short ongesiens by die gastebadkamer naby die voorportaal in.

Hy frommel die broek op en druk dit in die snippermandjie in.

Hy kyk op en sien sy eie refleksie in die spieël wat bokant die wasbak hang.

Hy grinnik wreedaardig.

Blaas sy asem stadig uit.

Voel hoe die laaste paar minute se spanning van hom afrol.

"Dit is gedoen Short." sê hy hardop.

Knipoog vir homself.

Daar is meteens 'n klop aan die deur.

"Besig." roep hy en draai die kraan oop om sy gesig af te spoel.

Kort daarna stoot hy die badkamer deur oop. Hy voel vir die eerste keer sedert hy Ren onder oë gehad het meer ontspanne.

Teen die tyd wat iemand die broek in die snippermandjie ontdek sal dit nie meer saak maak nie. Teen daardie tyd sal die ondervragings en ondersoek afgehandel wees en almal sal terug wees in hul eie huise.

Bowenal is dit vir hom duidelik dat die rooi-kop speurder en Cronje nie om dieselfde vuur sit nie. Hul onderlinge getwis net nog iets wat in sy guns tel.

Hy kan nie sy geluk glo nie. Sy probleme is op 'n einde en hy gaan sowaar vanaand skotvry van die gebeure in die binnehuise swembad wegstap.

Terwyl die huishulp die trollie warm drinkgoed bring, gaan verklee Cronje in die kamer langsaan.

Alleen en agter die geslote deur, haal hy nou Roux se selfoon uit die rugsak uit.

Hy staar na dit, verward en in 'n tweestryd wat hy binne homself ervaar.

Moet hy deur Roux se selfoon kyk?

As hy besluit om dit te doen steek hy nog 'n grens oor.

Eintlik twee.

Die een, sy vriend se reg op privaatheid.

Die ander wetlik.

Die regte ding sou wees om die selfoon aan Visagie te oorhandig.

Hy huiwer, vee dan tog oor die skerm.

'n Onlangse foto van homself, Roux en Miertjie verskyn op die skerm.

Cronje knyp sy oë toe teen die warboel van emosies wat dreig om hom te oorval.

Maar dan maak hy die besluit.

Hy wíl antwoorde hê.

Hy begin soek.

Die laaste oproep wat Roux gemaak het was na 'n ander selfoonnommer.

Cronje onthou, dít was die gesprek wat Roux onderweg na die partytjie gehad het.

Cronje vee verder deur die inkomende en uitgaande oproepe.

Dieselfde nommer kom 'n paar keer voor.

Om watter rede ookal, het Roux nooit die selfoon nommer as 'n kontak gestoor nie.

Vreemd, veral na die hoeveelheid oproepe wat Roux na die nommer gemaak het.

Volgende blaai hy deur die Whatsapp boodskappe.

Vind niks ongewoon nie.

In die laaste week het Roux net een inkomende oproep van 'n ander nommer ontvang.

Dié is onder Roux se kontakte gelys as *Neef*.

Ten spyte van hul vriendskap het Roux min uitgebrei oor sy familie. Daar was staaltjies hier en daar. Maar hul gesprekke het meesal gedraai oor hulle twee se daaglikse doen en late.

Nietemin was Cronje skielik pynlik daarvan bewus dat Roux dalk nie die persoon was wat hy en Miertjie leer ken het nie.

Cronje draai Roux se selfoon nou om en om in sy hand terwyl hy dink.

Daar is net een manier om uit te vind met wie Roux die afgelope tyd so gereeld in kontak was.

Êrens tussen Roux se selfoon uit die motor haal en die gesprek met Jenna weet Cronje hy het met sy eie ondersoek begin.

Maar tot dusver was dit net bo-langs krap. Sou hy besluit om tot die volgende stap oor te gaan was daar nie weer omdraai kans nie. Hy sou amptelik besig wees met 'n onwettige ondersoek. Die eed wat hy eens af gelê het om die wet te toe te pas en te beskerm verbreek.

As dit aan die lig kom, sou dit bes moontlik die einde van sy loopbaan beteken.

Is Roux dit werd?

Hul vriendskap?

Die seer wat dit Miertjie sou aandoen?

Hy haal Lushé se selfoon wat hy nog steeds by hom het en sleutel dan die ongelyste selfoonnommer in. Hy huiwer net 'n oomblik voor hy die besluit finaal maak en die groen knoppie druk.

Die oproep gaan onmiddellik oor na die standaard vooraf geprogrameerde stemboodskap.

Deksels!

Hy het gehoop die oproep word beantwoord of andersins 'n persoonlike boodskap-opname waarin die eienaar ten minste homself of haarself identifiseer.

Cronje hou sy boodskap kort en kragtig.

"Hierdie is speurder Cronje. Kontak my op hierdie nommer sodra jy die boodskap gekry het. Dit is uiters dringend."

Hy druk Lushé se selfoon in sy broeksak.

Tyd om by Roux en Visagie aan te sluit.

Buitekant in die gang klink die rumoer onder die gaste in die voorportaal al harder op.

Cronje skud sy kop.

Hy is maar alte bekend met die publiek se reaksies onder sulke omstandighede. Hy kan met redelike sekerheid voorspel wat hul volgende gaan doen. En hy is ook oortuig daarvan Visagie het nie daaraan gedink het nie. Dus sal hý moet optree.

Hy steek sy kop by die sitkamer in.

Die weduwee sit op die rusbank. Ulke aan haar een kant, Jean aan haar ander sy.

Karin is besig om die gebruikte breekware weer terug op die trollie te laai.

Lushé sit eenkant op 'n gemakstoel. Haar hand oor haar mond. Starend na niks. Wanneer sy opkyk en hom gewaar, glimlag sy oorgretig.

Vir die tweede keer daardie aand is hy aangewese op die partytjie organiseerder se hulp.

Hy vra Lushé om saam met hom te stap. Vir elke reuse tree wat hy terug na die voorportaal toe gee moet die mollige vrou in haar stywe bekleding drie tree gee om te probeer by bly.

"Vra die gaste om hul selfone in te handig. Maar maak seker jy kry elke liewe foon gehoor." beveel hy. "As Visagie vra hoekom jy dit doen, sê jy dit is omdat jy wil help. Niks anders nie. Verstaan ons mekaar?"

Hy wag nie op 'n antwoord nie, mompel net onderlangs sonder om sy pas te verslap.

"Verdomde Visagie.....Dit is tien teen een al te laat. Die sosiale netwerke gons seker al van die nuus."

Lushé was nie veronderstel om die laaste opmerking te hoor nie. Maar sy het. Wanneer sy erens agter hom praat klink sy uitasem van die gesukkel om by te hou..

"Ek glo darem nie. Die meeste mense hier het baie respek vir die Taljaards. Maar ek sal maak soos jy sê *handsome*."

Hy steek vas in sy spore. Swaai om. Hy is keelvol vir haar en Visagie se noem-name.

Haar pof handjies is reeds omverskonend gelig.

"Skies! Skies! Ek weet dit is *Speurder* Cronje."

Sy kyk hom ondersoekend aan.

"Wat is hier aan die gang? Hoekom is jy nie aan die stuur van sake nie?"

"Prosedure." lieg hy vinnig.

Sy skud haar kop.

"Ek is nie onder 'n kalkoen uitgebroei nie *speurder Cronje..* Maar okay, as jy so sê.. Benodig jy nog my selfoon?"

"Hoekom wil jý iets *post?*"

Sy bloos, beduie na die gastebadkamer.

"Ek moét net eers gaan. Ek kry al die selfone sodra ek klaar is. Belowe."

Uit die hoek van sy oog sien Cronje hoe 'n man oomblikke voor Lushè uit die gaste badkamer verskyn. Hy glimlag vriendelik vir Lushé voor hy weer tussen die ander gaste in verdwyn.

Sy vermomming is baie netjies aangewend. Cronje wonder vlugtig oor wie se idee die vermommings was? Hoe dit ookal sy, dit was tyd vir almal om hul ware kleure te wys.

"AF MET ALMAL SE MOMBAKKIES! NOU DADELIK!" bulder Cronje onderwyl Lushé die gaste badkamerdeur agter haar toe trek. "Toe gaan was julle gesigte sodat ons kan sien, wie is wie!"

Hy trek die enorme voordeur oop, voel hoe sy senuwees begin knou.

Dit is tyd om agter die waarheid te kom.

9.

Buitekant is dit reeds donker.

'n Vol maan hang agter hulle oor die Helderberg.

Strand, die dorp, se liggies lê voor hul uit gestrek.

Aan die anderkant van die ligte die onmiskenbare gietswart oopte van die see.

Cronje trek sy longe vol vars lug..

Die stilte buitekant is verkwikkend.

Visagie en Roux staan met hul ruê na hom.

Hy is net betyds om te sien hoe Visagie sy hand uithou en Roux sy wapen oorhandig.

Protokol.

Nogtans weet Cronje die verpletterende vernedering in die eenvoudige daad.

Hy self was al daar deur.

Maar hý was onskuldig....

Hy stap uit op die enorme stoep area.

Hiér is hulle buite hoor en sien afstand van al die gaste.

Die huisligte wat intussen weer helder brand, gooi oor genoeg lig teen die andersinds donkerte van die nag.

"Die Taljaards wag vir jou in die sitkamer Visagie."

Roux bly met sy rug na hom toe staan.

Visagie draai na hom, haal sy selfoon uit sy sak.

Cronje merk hoe hy met 'n ampere senuweeagtige opgewondenheid die stemopname funksie daarop aktiveer.

Hy rammel die noodsaaklike inligting volgens prosedure af, maar in plaas van met die ondervraging begin, stop hy eers en vra Cronje uit oor sy gesprek met die weduwee.

Cronje herhaal bykans alles wat die weduwee hom van die verandering aan die testament en haar en Ren se argument vertel het. Hy swyg net oor die telefoon oproepe wat die regter die afgelope tyd ontvang het.

Visagie gee 'n lang fluit.

"Twee miljoen is baie geld my ou. En sy weet nie na wie of vir wat dit eendag gaan nie?"

"Blykbaar nie."

"Interessant.... Ja, sowaar baie interessant." sê hy sonder enige werklike belangstelling.

Cronje frons.

Hy is nie seker wat om van Visagie se reaksie te maak nie?

"Ek stel voor jy volg maar op Jan, mens weet nooit."

Visagie trek 'n gesig.

"Nee wat, dit sal 'n mors van tyd wees."

Hy fokus sy aandag eerder op Roux.

Dié het intussen omgedraai en sit nou op die stoepmuurtjie.

"Goed. Meneer Roux, as jy die gebeure rondom regter Taljaard se dood in jou eie woorde kan beskryf."

"Jy kan nie net die inligting los nie Visagie!" sny Cronje tussendeur.

Visagie glimlag, skud sy kop. Dit is toe net soos hy vermoed het. Cronje speel nie oop kaarte nie. Die man het seker die gevolge van sy aanklag teen Roux besef en van plan verander. Hoe dit ookal sy, Visagie was nie lus om verder Cronje se speletjie te speel nie.

Hy aktiveer weer die opname funksie op sy selfoon, hou dit uit na Roux.

"Wat vind jy die heeltyd so amuserend Visagie?" vra Cronje voor Visagie kan praat.

Maar die speurder ignoreer hom en vra weer vir Roux om sy verloop van gebeure te verduidelik.

Toe die AFP nie dadelik begin praat nie, sit Visagie die selfoon tussen hulle op die muurtjie neer. Vou sy arms, kyk voor hom uit en maak asof hy die wêreldse tyd het.

Cronje onthou nou uit die bloute hoe hy eendag branderplank gaan ry het. Dit was hooggety.

Die deinings op daardie spesifieke dag besonders groot. Hy het 'n slegte val-slag gehad en die massas water het hom vir 'n tydjie lank op die bodem vas gedruk. Daar was 'n oomblik waarin hy vreesbevange begin spartel het. Sy asem was byna op en hy het nie geweet waar bo of onder was nie. Hy onthou die gevoel van verligting wat oor hom gespoel het toe hy uiteindelik deur die wit skuimbolle gebreek het.

Terwyl hy vir Roux wag om iets te sê, beleef hy nou weer dieselfde angs.

As Roux se verduideliking net sal sin maak. Hóm, wat Cronje is, verkeerd bewys. Dan kan hy dalk weer deur die wit skuimbolle van verwarring breek en asem skep.

"Het.. het jy al die regter se selfoon onder oë gehad?" is die eerste ding wat Roux sê.

Visagie sien dit dadelik as 'n aanval op sy speurwerk. Snou verdedigend.

"Jý, Roux, is nie hier om my te vertel hoe om my werk te doen nie! Toé, begin praat mannetjie."

Cronje aan die anderkant voel sy hartslag versnel toe Roux oor die selfoon uitvra. Dit voorspel niks goeds nie. Roux neem 'n oomblik, stoot homself van die muurtjie af. Vermy oogkontak met Cronje terwyl hy praat.

"Ek het my verbeel ek het stemme gehoor. 'n Gestryery. Water wat spat. Ek het by die gang af beweeg. Elke deur oopgemaak om ondersoek in te stel. Ek het laaste by binnehuise swembad uit gekom. Teen daardie tyd was die stemme al 'n tydjie lank stil. Ek het die deur oopgemaak en die regter in die swembad gekry. Wat speurder Cronje waargeneem het was die presiese oomblik toe ek die regter se liggaam nader na die trappie van die swembad gebring het. Ek.."

Visagie onderbreek hom.

"Aan sy nek? Want, volgens Cronje was jy besig om sy kop onder water te hou."

"Ek het by die swembad trappie ingeklim want, ek wou hom uit die water kry."

Cronje probeer Roux se gesigs uitdrukking lees maar hy is 'n toe boek.

"Okay. So jy was heeltemal daarvan oortuig dat hy reeds dood was?" vra Visagie.

"Ja."

"Is jy 'n AFP en lid van Somerset-Wes se speurdiens meneer Roux?"

"Ja."

Verward oor die vreemde vraag, kyk Cronje na Visagie. Maar dié ignoreer hom.

"Met ander woorde jy het redelike kennis van prosedures, is dit korrek?"

"Ja."

"Wonderlik. Verduidelik dan asseblief aan my die volgende.. Wat is die korrekte protokol nadat 'n liggaam onder verdagte omstandighede ontdek word?"

"Om die area af te skort om nie in kontak met die liggaam te kom nie. Om alles moontlik te doen om enige kontaminasie te verhoed en die na doodse ondersoek span te kontak."

"Mooi so meneer Roux." koggel Visagie en maak geen poging om sy selfingenomenheid te versteek nie. "....Dus, as regter Taljaard reeds dood was, hoekom wou jy hom uit die water kry?"

Roux kyk na Visagie asof hy 'n idioot is.

"Eerstens omdat ek nie gedag het dit is verdagte omstandighede nie en tweedens om noodhulp toe te pas, hoekom anders!?... Ek het gehoop ek kon hom dalk nog help, red."

Die glimlag om Visagie se mondhoeke verbreed.

"Maar jy was dan daarvan oortuig dat hy reeds oorlede was meneer Roux?"

Roux staar verslae oor die lae lokval vraag waarmee Visagie hom probeer vang.

"My reaksie was instinktief. Bogger ons opleiding Visagie. Verdagte omstandighede of nie! Jý sou dieselfde gedoen het! Ek wou help. Ek..."

Hy trek sy asem op. Vryf oor sy gesig. Wink dan meteens vies in Cronje se rigting.

"Vra *die speurder* of hy 'n gespartel in die swembad waar geneem het? As ek regtig besig was om die regter te versuip sou *die speurder* dit tog duidelik gesien het. Ek het hom nader getrek aan die eerste beste plek waar ek kon vashou plek kry. Maar die oomblik nadat ek aan hom geraak het, het ek geweet dit was te laat."

Dit voel vir Cronje soos 'n messteek in sy binneste toe Roux na hom as *die speurder* verwys. Hy draai en stap 'n paar tree die donkerte in om die effek van Roux se woorde op hom af te skud. Hy herinner homself daaraan dat hy reg opgetree het. As Roux onskuldig was sou hul mettertyd verby hierdie ding kon beweeg. Of so het hy nog die heel tyd gehoop, maar skielik was hy nie meer so seker nie.

"Waar is jou selfoon Roux?" vra Visagie nou.

"Hoekom?"

"Komaan Roux. Jy weet jy moet *alle* besittings aan jou persoon oorhandig."

Hy beduie na die Roux se wapen wat hy teen die muurtjie gesit het, sodat die oortollige water wat tydens Roux se kamstige reddingspoging intussen kon droog drup.

"Ek het jou wapen. Nou kort ek jou selfoon."

Roux druk sy hande in sy broeksakke. Lieg asof dit geskryf staan.

"Ek weet nie waar dit is nie."

Visagie skud sy kop. Gryns in Cronje se rigting.

"Die spreekwoord lui, nood breek wet né my ou?"

As jy maar net weet. Dink Cronje terwyl hy met nuwe oë na Roux staar.

"Gaan jy my arresteer?" vra Roux sonder enige emosie.

Visagie glimlag, haal sy skouers ter selfde tyd op.

"Hang af.. Is jy skuldig?"

Vir die eerste keer besef Cronje in watse moeilikheid hulle is. Nie net Roux nie. Maar hulle albei.

Kaptein Griesel het verkeerdelik gedink dat hy en Visagie hul verskille opsy kon sit.

Visagie het 'n dubbele tong en Cronje self sien nóu eers hoe groot die *chip* op Visagie se skouer is.

Wat beteken hy was nie daar om 'n regverdige ondersoek in te stel nie.

Hy was daar vir een rede en een rede alleen.

Sy eie gewin.

Om Cronje se naam deur die modder te sleep deur Roux, ongeag van sy skuld of onskuld agter tralies te kry.

Roux vee weer oor sy gesig. Hy is op die punt om Visagie se vraag te beantwoord, maar dan bedink homself.

"Hoekom hom versuip Roux? Wat het hy aan jou gedoen?" pols Visagie voort.

Toe die AFP steeds nie antwoord nie beweeg Visagie tot in sy gesig.

"Komaan Roux! Jy mors my tyd! Jou eie kollega, het jou so goed as op heterdaad betrap!"

Roux stoot by Visagie verby.

Hy draai na Cronje. Spreek hom amper pleitend aan.

"Dinge maak nie sin nie Konstantyn. Iemand het.." maar Visagie is vinnig om hom af te sny.

"*Iemand?!* O nee ou pêllie..*Jý! Jý* het dit gedoen! En weet jy hoe weet.."

Dié keer is dit Cronje wat tussenin praat. Hy voel 'n hulpelose opstandigheid teenoor die verloop van sake.

"BLY STIL VISAGIE! GEE HOM TEN MINSTE KANS OM TE VERDUIDELIK!"

Visagie voel hoe die woede in hom opstoot.

Roux, maak 'n gek van hom en Cronje gaan oudergewoonte aan asof hy in beheer van sake is.

Maar hy sal hulle albei wys.

"NEE! Jý BLY STIL! HIERDIE IS Mý ONDERSOEK, Mý ONDERVRAGING. JY SIT IN AS 'N VERGUNNING... NIKS MEER NIE MY OU!"

Hy fokus weer op Roux.

"Dink mooi oor wat jy wil sê meneer Roux. Hierdie is jou laaste kans. Onthou net.. Jy het een van die land se top regters afgemaai. Jy gaan sukkel om 'n aanklaer aan jou kant te kry."

Roux spoeg die woorde een vir een uit terwyl hy sy blik op Cronje hou.

"EK. HET. DIT. NIE. GEDOEN. NIE.!"

Speurder Jan Visagie begin hardop lag. Dit is die oomblik waarvoor hy gewag het.

"Regtig?! Nou wié is hierdie dan?"

Hy tel sy selfoon op, vee vlugtig 'n paar keer oor die skerm voor hy die selfoon onder Roux se neus indruk.

Hy wink Cronje gretig nader. Knipoog verradelik vir hom.

Op die selfoonskerm sien Cronje nou die uitleg van die binnehuise swembad.

"'n Versteekte kamera.." sê Cronje saggies en Visagie knik trots.

Die wegsteek-lens kyk uit oor die swembad asook 'n gedeelte van die enorme tuin in die agtergrond.

Hy sien hoe sy vriend by die swembad inklim.

Die kwaliteit van die wit en swart klanklose opname is uiters swak.

Die beeld flikker deurentyd aan en af, en vir 'n paar sekondes staar hul selfs na 'n swart skerm. Wanneer die skerm weer ophelder swem Ren Taljaard, onbewus van Roux se teenwoordigheid, onder water terug in die rigting van die trappie.

Teen die tyd wat die regter wel sy moordenaar gewaar is dit reeds te laat. Hy lig niks vermoedens nog die een oomblik sy kop bo die water om iets te sê, maar kry skaars tyd vir 'n asemteug. Die moord daad is van korte duur. Die regter, alreeds uitgeput deur sy strawwe swemsessie spartel 'n paar keer desperaat en dan is alles verby."

Cronje draai weg en gaan staan eenkant. Dit was onnodig vir hom om na die opname te kyk. Die beeld van Roux en die vrees op sy gesig daar in die swembad is permanent in sy geheue in gebrand. Hy trek 'n hand deur sy amper droë krulhare.

Uit die hoek van sy oog sien hy die glimlag oor Visagie se gesig gepleister.

"As daar nog enigsins getwyfel was oor wat jy Roux sien doen het my ou…"

Cronje sê niks. Daar krap nou iets aan sy onderbewuste. Iets in die opname.

"Mos gedink ek is 'n idioot né? Maar wié is nou die swaap, my ou? Die Taljaards het versteekte kameras in van die vertrekke. Maar net iemand met 'n geoefende oog sou dit opmerk. Ek het dit natuurlik met die intrapslag raak gesien."

Hy beduie na die houthuisie aan die einde van die oprit.

"Die beeldmateriaal was na 'n aparte toestel daar binne gestroom. Ek twyfel of die sekuriteitswag eers daarvan geweet het. Ek vermoed Ren het die hele besigheid geheim gehou. Terwyl Alice besig was met haar ondersoek het ek die kans gebruik om die opname op te spoor."

Hy draai na Roux.

"UITGEVANG! "

Visagie voel asof hy uit sy eie vel kan bars van lekker kry. Hy is oortuig daarvan, gegewe genoeg tyd en met net die geringste teenstrydige bewyse Cronje van plan was om sy beskuldiging terug te trek. Maar nou sal hy nie kon nie.

In die laaste jaar sedert hul begin saam werk het was Righard Roux besig om van Cronje 'n gat te maak. Die wonderbaarlike Cronje werk toe nog die heeltyd sy aan sy met 'n moordenaar. En hy het dit nooit eers agter gekom nie.

Binne Cronje wil die damwal van emosies oopbreek.

Hy is woedend oor die manier hoe Visagie hom in die situasie verlustig.

Hy is ook woedend met homself. As hy net sy hande eerste op die beeldmateriaal gekry het kon hy...

Wat? Wat wou hy daarmee gedoen het?

Hy dink weer aan die besluit wat hy vroeër geneem het nadat hy Roux se selfoon ontdek het.

Die lyn wat hy oortree het ter wille van Roux, maar in 'n mate ook vir homself. Vir sy eie gewete, die ontkenning van Roux se optrede. Asook waarna dit hom as speurder, maar ook vriend, gedryf het.

Hy het sy beroep verniet in gevaar geplaas.

Die fyn lyn tussen reg en verkeerd ter wille van vriendskap oorgesteek.

Verniet toegelaat dat sy eie lojaliteit die oorhand kry.

Hy storm op Roux af, kry die verraaier voor aan sy bors beet.

"WAT DE DONDER Righard?!! HOE KON JY DIT AAN MIERTJIE DOEN!.... AAN Mý DOEN?!"

Hy voel sy oë opdam.

"PRAAT MET MY.. HOEKOM?"

Roux maak geen poging om uit Cronje se greep te kom nie. Hy laat toe dat die speurder hom soos ou stuk lap rond en bont pluk.

Dié reaksie ontstel Cronje net nog meer. Hy stamp die jong AFP eenkant toe en probeer sy woede onder beheer kry.

"Ek.. ek kan nie glo jy verdink my nie. Dit is nie ek in daardie opname nie..." prewel Roux nou skaars hoorbaar.

"EK HET JOU BY DIE VOORPORTAAL SIEN SLUIP ROUX. JOU IN DIE SWEMBAD GEKRY!".

Die jong AFP kyk 'n oomblik weg. Toe hy weer praat is daar 'n ongekende woede wat Cronje nog nooit tevore in sy vriend waar geneem het nie.

"Jy het die verkeerde afleiding gemaak Konstantyn. Na al hierdie tyd wat ons saam werk, laat jy jou aan jou neus rondlei. Die kwaliteit van daardie opname is so swak, dit kon enige iemand gewees het!"

"MAAR DIT IS NIE! DIT IS JY RIGHARD!!" bulder Cronje heeltemal oorstuur deur skok en teleurstelling.

Roux skud sy kop. "Ek weet nie hoekom nie, maar jý sien net wat jy wil sien Konstantyn.."

Die twee vriende staan 'n oomblik woordeloos teenoor mekaar.

Visagie, sou dit agterna onthou as die oomblik toe hy, as buitestaander, die verbrokkeling van 'n vriendskap eerstehands beleef het.

Cronje is die een wat uiteindelik oogkontak verbreek. Hy neem 'n diep asemteug as teenvoeter teen die verraad wat hy nou moet aanvaar.

"Visagie."

"My ou?"

"Ek dink dit is tyd om Ren Taljaard se moordenaar te boei."

10.

(Hede..)

Cronje kyk weg toe Visagie die boeie om beide die polse van die jong vooruitstrewende aktiewe forensiese patoloog (AFP) slaan.

Dít het hy nooit verwag nie.

Roux is skuldig aan moord!

Hy sal sy kollega se selfoon aan Visagie moet oorhandig, en daar by ook erken dít wat hy self gedoen het. Daar is nou geen ander keuse nie.

Hy skud sy kop.

Hy moes daardie oproep nooit gemaak het nie. Buiten dat dit protokol verbreek, gee dit Visagie ammunisie teen hom. Hy is nie seker hoe hy homself uit dié moeilikheid gaan kry nie.

Kaptein Griesel is sy beste hoop. Hy is skuldig, daaraan kon hy niks doen nie. Maar miskien sal sy bevelvoerder ten minste begrip toon vir sy optrede.

Visagie onderbreek sy gedagtegang.

"Ek het die stasie gebel. Hulle stuur 'n vangwa."

Visagie beduie weer na die houthuis.

"Ek wil Roux onder almal se oë uithou. Hy kan daár binne wag tot die vangwa opdaag. Ek sal die nuus intussen aan die Taljaards gaan deurgee."

Hy kyk Cronje jammerlik aan.

"Dit voel dalk nie so nie, maar jy het die regte ding gedoen my ou."

Cronje ignoreer Visagie. Hy kyk oor sy skouer na waar Roux, sy kollega en vriend geboei staan.

Die regte ding het nog nooit so verkeerd gevoel nie.

"En nou?" vra Lushé.

Die drie mans kyk gelyktydig om. Niemand het haar sien nader stap nie.

Sy staar verward na die geboeide Roux.

Visagie is eerste om te reageer.

"As jy speurder Cronje asseblief kan vergesel terug na die Taljaards toe, jul kan daar vir my wag. Ek sal alles kom verduidelik."

Hy merk die mandjie vol selfone in haar hand. Frons.

"En dit?"

"Dit is die gaste se selfone." sy skiet Cronje 'n vinnige blik. "Ek.. ek het gedag dit sal help om die nuus van die Ren se dood van die sosiale netwerke af te te hou. Jy weet hoe party mense is. Hoékom is meneer Roux geboei?"

Visagie neem die mandjie hardhandig by haar af. Lyk verontwaardig omdat hy vergeet het om daaraan te dink.

"Los die polisie-werk vir my." brom hy vies en stuur haar met sy ander hand aan die elmboog terug in die rigting van die huis.

"Stap saam met haar Cronje. Ek is nou daar."

Vir Roux wink hy in die rigting van die houthuisie.

Lushé wil nog vra wat aan die gang is maar Cronje gee haar 'n kyk wat haar vir eers laat stilbly.

In die voorportaal kom hul 'n groep omgekrapte gaste teë, maar ten minste lyk die meeste nou na hulself, en nie een of ander vermomde weergawe van homself of Roux nie. Cronje verskoon homself en sluit sekondes later die gastebadkamer se deur agter homself toe. Hy sit sy rugsak langs hom neer, slaan die toilet deksel toe en gaan sit. Buig voor oor. Gesig in sy bewende hande.

Hy sit 'n tyd lank so.

Hy voel alles en niks tegelyk.

Hy het geen benul hoe hy die nuus aan Miertjie gaan oordra nie?

Roux het vinnig en diep in haar hart geklim. In syne ook.

Toe hy uiteindelik voel asof hy sy emosies onder beheer het, staan hy op en spoel sy gesig in die wasbak af. Hy droog sy hande met die voorsiende papierdoeke af. Dit is toe hy die snippermandjie se deksel oop trap om die papierdoek weg te gooi, dat sy oog op die nat opgefrommelde kledingstuk onderin val.

Hy keer onmiddellik die snippermandjie om sodat die langbroek asook die hordes gebruikte papierdoeke op die vloer val.

Die langbroek blyk nog in goeie kondisie te wees, maar van meer belang is die feit dat dit nat is die onmiskenbare reuk van swembad chloor aan dit kleef.

Hy staar na die ontdekking, onseker of hy nadese sy instink nog kan vertrou.

Cronje grawe in sy rugsak rond en bring 'n deurskynende-sak te voorskyn. Hy lig die langbroek versigtig van die vloer af op en verseël dit in die bewysstuk-sak.

Hy haal Lushé se selfoon uit sy broeksak. Sleutel Griessel se nommer vir die tweede keer daardie aand in.

Terwyl dit aan die anderkant lui, skud Cronje sy kop herhaaldelik. Verstom. Verlig. En uiters bekommerd.

Iemand het doelbewus die deurdrenkte langbroek hier kom versteek en dit kon nie Roux gewees het nie.

Sy bevelvoerder antwoord op die tweede lui.

"Kaptein Griesel hier.."

"Ek dink nie Roux het dit gedoen nie kaptein...."

11.

"Met alle respek gesê Kaptein, Cronje probeer my ondersoek ondermyn! Die broek wat Cronje gekry het bewys niks. Ek voel.."

Cronje hou die speurder oor 'n afstand dop. Visagie loop met sy selfoon teen sy oor heen en weer op die stoep rond.

Hy herinner Cronje aan 'n wilde dier wat gewond en vasgekeer is.

'n Dodelike kombinasie.

Visagie kom meteens tot stilstand. Die woede styg soos stoom van hom af.

"Regso Kaptein..."

Hy lui af sonder om te groet. Storm op Cronje af.

"Jy gaan nie hiermee wegkom nie Cronje! ROUX. IS. SKULDIG! En hierdie bly mý ondersoek!"

Selfs met Visagie in sy gesig, bly Cronje hande gevou op die muurtjie sit.

"Griesel het gesê ek kan help Jan. Aangesien Roux nie meer ons enigste verdagte is nie kan ek.."

"EK GEE NIE OM WAT DIE KAPTEIN GESê HET NIE! As dit by jóu kom het hy wol oor sy oë. Maar ék was nog altyd reg oor jou. Jý dink jy is bo almal verhef, dat jy kan maak en breek soos jy wil. Jy bevark dinge nou vir jou eie selfsugtige redes. As Roux sit is jóu reputasie daarmee heen. En jý kan nie die idee verdra nie, né my ou!? Kamstige bewysstuk gevind... Komaan! Dink jy ek is 'n idioot? Dit is tien teen een van jou eie broeke wat jy in daardie rugsak van jou rond dra. Toe erken dit, jy het dit daar gaan plant...."

Hy druk sy wysvinger in Cronje se gesig.

"Jý bly van hierdie ondersoek af weg! VER WEG!"

Cronje stoot homself van die muurtjie af. Die skielike verskil in hul lengtes veroorsaak nou dat Visagie 'n tree agteruit neem.

Ten spyte van die frustrasie wat hy voel probeer hy met kalmte Visagie aan sy kant kry.

"'n Onskuldige man is amper tronk toe gestuur Visagie. Wees bly ons kry kans om reg te maak wat ek amper verbrou het. Êrens onder hierdie gaste is die regte moordenaar. En terwyl jy besig is om in jou eie ooglede vas te kyk, vee hy sy spore toe."

Hy stoot by die speurder verby en beweeg in die rigting van die houthuisie waar Visagie, kort voor Griesel se oproep nog vir Roux laat wag het.

"Waarnatoe dink jy gaan jy?" blaf Visagie agter hom aan.

"Om sy boeie af te haal. Hy is onskuldig."

Visagie keer hom voor. Dit lyk asof hy Cronje te lyf wil gaan so kwaad is hy. Cronje beweeg met gemak om hom en stoot die houthuisie se deur oop.

"Hy bly 'n verdagte Cronje!"

Roux kyk op toe die deur oop gaan.

"*Ek* was verkeerd! Dit is tyd om aan te beweeg Visagie!" bulder Cronje en beduie na Roux om sy geboeide hande na hom toe uit te hou. "En ek dink ons moet weer na die opname kyk. Iets daaromtrent pla my.."

Visagie gee 'n snorklag.

"ONGE FLIPPEN LOOFLIK!"

Cronje sluit eers die boeie los voor hy terug na die Visagie toe draai. Sy geduld nou vinnig besig om op te raak.

"Dié rondte doen ek die ondervragings Jan. Ek wil 'n lys hê van die hofsake wat op Ren se rol was. En 'n lys van al die gaste. Lushé kan jou daarmee help. En ek wil die testament waarvan Jenna gepraat het onder oë kry."

Vir die eerste keer van die regter vermoor is, voel Cronje asof sy voete grond raak. Hy glip met gemak terug in sy rol as die hoof ondersoekbeampte. Hy weet wat van hom verwag word, wat gedoen moet word. Hy kan uiteindelik deur daardie branders van twyfel wat hom vroeër onder gehou het, breek en asem skep.

"Wat is aan die gang?" vra Roux en vryf oor die plekke waar die boeie hom gedruk het.

"NIKS! Niks is aan die gang nie! Jý bly net hier!" snou Visagie.

Cronje wag tot Roux in sy rigting kyk.

"Ek gaan verskoning maak vir my optrede nie Righard. Ek het gedoen wat ek gedoen het omdat ek gesien wat ek gesien het.."

"Behalwe dat jy verkeerd *gesien* het." val Roux hom beskuldigend in die rede.

"Ek het 'n broek in die gastebadkamer ontdek. Dit was onder in.." begin Cronje verduidelik.

"HOU JOU SMOEL MY OU!"

".. Dit was onder in die snippermandjie versteek. Dit was deurdrenk van die swembadwater."

Roux frons.

Agter hulle slaan Visagie uit woede en frustrasie sy vuis in die houtraam in.

Cronje ignoreer die slag.

"Ek het nodig om te weet wat aan die gang was met jou die laaste tyd. Jou optredes was om die minste te sê uiters verdag. Die fluister oproepe. Jy was bykans elke dag laat vir werk. Jy is 'n senuweewrak. Duidelik jy kry nie genoeg slaap nie. Het dit enigsins iets met Ren Taljaard te doen gehad?"

Visagie tree tussen Roux en Cronje in. Sy gesig bloedrooi. Die rede, 'n kombinasie van woede en die verblindende pyn in sy hand.

"JY KAN NIE DIE ONDERSOEK OF ENIGE INLIGTING AANGAANDE DIE ONDERSOEK MET 'N VERDAGTE BESPREEK NIE CRONJE!"

Roux sak terug in die stoel waarop hy gesit het. Cronje kan sien hoe die verligting oor hom spoel.

Teenstrydig voel dit vir Cronje of die spyt soos 'n donker wolk bokant sy kop kom hang. Hy het Roux 'n vreeslike onreg aangedoen.

Toe Visagie hom weer van agter af toesnou, swaai hy sy logge lyf in een blitsige beweging om en tel die speurder aan sy skouers op. Hy lig Visagie terug oor die drempel van die houthuisie se deur en plant hom buitekant op die grasperk neer.

"Ons kan saamwerk of,.. die moordenaar van 'n hoë profiel regter laat weg kom. Dus vir die laaste keer...Dié rondte doen ék die ondervragings. Jý vind uit met watter sake Ren besig was, kry die gastelys en opgedateerde testament en hou verdomp op met gal braak!"

Visagie pluk sy klere reg, bal sy opgeswelde vuis, maar wissel dit vinnig na sy ander hand voor hy Cronje aanspreek.

"Doen jou eie vuil werk! En *mark my word* my ou. Daar is 'n logiese verduideliking vir die broek. En dit gaan niks uit te waai hê met die moord nie. Jý gaan my nog hiervoor omverskoning moet vra!"

"Of jy vir my.." sê Cronje nou smalend asof dit 'n uitdaging is.

Visagie maak sy mond oop om iets te sê, maar besluit dan daarteen.

Hy draai in sy spore om en loop sonder 'n verdere woord weg terug in die huis se rigting.

Cronje staar Visagie agterna. 'n Groter onrustigheid oor die speurder broei in hom.

"Hy staar hom blind teen die beeldmateriaal. Hy wil jou agter tralies én, my vernederd sien, en ek dink nie hy gaan ophou tot hy een van die twee of albei reg gekry het nie."

"Soos jy jou blind gestaar het.." merk Roux sarkasties op.

Cronje frons.

"Die beeldmateriaal... Dit was al wat nodig was om jou finaal te oortuig Konstantyn."

Cronje laat die beskuldigende woorde in die lug hang.

"Ek wonder of dit deel van die moordenaar se plan was om my uit die prentjie te kry...So wat nou?" vra Roux.

"Nou soek ons die regte moordenaar."

"Jy weet Visagie was deels reg. Solank as wat ek 'n verdagte is, kan ek nie by ondersoek betrokke raak nie. Al wil ek ook."

Cronje knik.

"Korrek. Daarom moet ek jou so vinnig as moontlik van die lys van verdagtes verwyder. Wat is jou mening Roux, wie dink jy sit agter die moord en hoé het hul te werk gegaan?"

Roux haal diep asem en blaas dit stadig uit.

"Die vraag is wié, hier vanaand het geweet van die versteekte kamera? En wié het met die idee vir die vermommings vorendag gekom?"

Cronje knik.

"Twee baie belangrike vrae. En dan is daar natuurlik die motief.. Hoekom die regter vermoor, wat sou dit baat?"

Hy benadruk weer die belang van die hofsake waarmee die regter besig was.

"So jy dink nie daar is 'n persoonlike konnektasie nie? Dat iemand die mes vir my in het nie?" vra Roux.

"Seker ook 'n moontlikheid. Maar ek voel tog ek wil by die hofsake begin."

Roux lyk ongelukkig oor die rigting waarin Cronje beplan om die ondersoek volgende te stuur.

"Wat is dit Righard?"

Die jong AFP se blik dwaal stadig af na die selfoon wat tussen hulle lê. Uiteindelik haal hy sy skouers op.

"Niks. Ek... ek dink net jy soek op die verkeerde plek."

"Ons sal sien."

Nou haastig om sy vriend se onskuld te bewys, draai Cronje om en stap by die houthuisie uit. Buitekant steek hy vas, draai terug.

"O, en net so terloops, ek het jou selfoon in die motor ontdek. Ek kan dit natuurlik nie nou vir jou teruggee nie en ter wille van die vrede sal ek dit ook aan Visagie noem. Maar net sodat jy weet."

Roux lyk meteens weer gespanne.

Cronje bly staan. Hy wil die geleentheid gebruik om vergifnis vra. Die stemming voel reg. Hy wil die mure van hul eens stewige vriendskap weer opbou. Die eerste baksteen neerlê.

"En Righard..."

Maar Roux val hom vinnig in die rede.

"Nee Cronje. Moenie.... Nog nie."

12.

Daniël Short vee nou sy klam palms teen sy broek af. Hy het gesien toe Cronje vroeër met sy langbroek uit die badkamer verskyn het. Cronje is met dit in een van daardie deurskynende bewysstuk-sakke buitentoe. En nou te lees aan die speurder Visagie-vent se optrede was daar iets ernstig aan die broei.

Hy moet spore maak, maar daar was 'n nuwe probleem. Die simpel partytjie organiseerder het vroeër te vinnig op hom af gekom met haar vals glimlag en mandjie. Hy kon nie, nié sy selfoon aan haar oorhandig nie. Dit sou té verdag voorgekom het.

En sou hy dit nou agter laat, gaan dit soos 'n ligbaken direk terug na hom lei.

"KAN EK ALMAL SE AANDAG KRY!" bulder Visagie.

Daniël Short voel hoe sy hartklop versnel.

Die speurder lig die mandjie selfone wat hy by Lushe afgeneem het bokant sy kop.

"Dankie vir almal se geduld. Jul kan jul selfone kom haal en huis toe gaan. Ek vra net dat elkeen jul naam en kontakbesonderhede by my sal los. Net ingeval ek later met jul in kontak moet kom."

Die eienaar van *OBA (Over borders aviation)* staan 'n oomblik verbaas. Hy kan nie sy geluk glo nie!

Hy het iets anders verwag.

'n Individuele ondervraging of ..

Meteens wonder hy of dit 'n lokval is?

Speurder Cronje sou tog iets meer van sy ontdekking in die snippermandjie gemaak het, dan nie?

Sy eerste instink is om te laat spaander maar hy forseer homself nogtans om eers te wag tot 'n paar ander gaste voor hom by die deur uit is.

Hy beweeg stadig maar seker na buite, sy oë bly soekend na Cronje en Roux.

Uiteindelik buitekant, laat hy nie verder op hom wag nie.

Hy draf-stap na sy voertuig, skakel die enjin aan en stuur die motor in die rigting van die hekke.

Hy bly met 'n senuweeagtige afwagting terug in sy tru spieeltjie kyk.

Maar teen die tyd wat sy motor se hoof ligte die einde van die oprit verhelder het daar steeds geen teken van hulle nie.

Die hekke aan die einde van die oprit staan ook nog altyd wawyd oop.

Hy grinnik eers saggies, maar namate hy meer seker van sy vryheid raak, hoe harder lag hy.

Hy het geen idee wat vroeër buitekant tussen die speurders af gespeel het nie, maar duidelik sit hulle die pot mis.

"Spul idiote!" koggel hy hardop en verminder spoed om sodoende by die publieke pad in te draai.

Daniël Short sou agterna wonder hoé die logge man met soveel spoed kon beweeg?

Want, die een oomblik het hy die speurder op die grasperk net duskant die sekuriteits huisie gewaar. 'n Kyk van absolute verbasing op die speurder se gesig toe hy terug kyk en die gaste in hul motors een vir een by die oprit sien af kom.

En die volgende oomblik was hy in een ratse beweging agterom die voertuig en voor langs Daniël Short se deur. Sy wapen getrek. "Stop die motor!"

Die ander ding waaroor Daniël Short homself agterna sou verwyt was sy eie reaksie.

Hy wou dit toeskryf aan die feit dat hy slegs oomblikke voor dit geglo het, dat hy skotvry gaan wegkom.

Nietemin, toe die speurder die motordeur oop pluk was die woorde by sy mond uit voor hy kon keer..

"Die ou bliksem het dit verdien!"

'n Breë glimlag het stelselmatig oor die speurder se gesig versprei.

"Nou maar kom saam met my dan vertel jy my hoekom."

13.

Visagie was briesend verby en sy hand bitterlik seer en moontlik gebreek.

Hy kon nie glo Cronje het Griesel oortuig van Roux se moontlike onskuld nie. En dit alles oor 'n nat broek!

Daar was net een manier om Griesel die waarheid te laat sien. Hy moes dit op hom afdwing. Hy sou Roux teen wil en dank uitwys as die enigste en ware skuldige. En hy sou Cronje op sý eie manier hanteer. Byna al die gaste was reeds buitekant besig om in hul motors te klim.

Sy volgende stap was om die beeldmateriaal aan die Taljaards te wys.

Jenna Taljaard en haar gesin sou vanselfsprekend aandring op Roux se arrestasie.

En Griesel sou hul dit nie kan weier nie.

Tensy hy sy eie kop ook op 'n skinkbord wou hê.

Intussen, en nog voor Cronje hom beveel het, het die inligting aangaande die hofsake waarmee die regter besig was aangevra.

Maar dit was bloot standaard voetwerk vir 'n ondersoek. Niks opspraakwekkends sou daarvan kom nie. Hy het dit meer gedoen om sy paaltjies teen Cronje te beskerm.

Uit die hoek van sy oog sien hy Lushé nader gestap kom.

"So dit was toe sowaar *mister handsome* wat dit gedoen het?"

Visagie knik.

Sy trek 'n gesig.

"En die broek waarmee speurder Cronje net nou hier uit is?"

Vir 'n vlugtige oomblik wonder Visagie, hoé sy kon geweet het watse kledingstuk in die bewysstuk sak was? Die sak was nie

71

baie groot nie. Hy self kon nie uitmaak wat daarin opgefrommel was totdat Cronje hom gesê het nie. Maar die belang hiervan gaan by hom verby die oomblik toe Cronje die voorportaal binne kom.

Cronje het 'n man aan die elmboog beet. Hy stuur hom sonder 'n woord by Visagie en Lushé verby.

Maar die blik wat hy Visagie skiet spreek boekdele.

Lushé sien dit ook raak.

Sy tuit haar lippe, probeer saggies fluit. Dan deel sy haar ongevraagde mening.

"My ouma het altyd gesê vlug is 'n goeie ding. Jy moet net betyds begin. Ek stel voor jý begin speurder Visagie.."

Visagie bekyk onbekende man deursoekend aan.

Hy is enorm. Sy liggaamsbou is soos dié van Cronje. Hy was vir die aand se gebeure vermom soos Cronje. En hy het hom goed van sy taak gekwyt.

"En nou?"

Cronje ignoreer Visage se vraag.

Neffens Visagie maak Lushé weer dieselfde simpel fluit geluid.

Visagie vervies hom bloediglik vir die vrou. Stamp haar amper onderstebo toe hy Cronje agternasit.

Intussen boender Cronje die man in by die eerste beste leë vertrek.

Hy is lus en slaan die deur in Visagie se gesig toe.

"Jy kan net sowel deel gehad het aan Ren se dood Jan! Hoe kon jy die gaste, hiérdie verdagte, net so laat gaan?! Jy is nie 'n speurder se agterent nie man!"

Visagie beweeg om Cronje tot binne in die vertrek en gaan staan hande gevou voor die vreemdeling. Hy bekyk die man op en af. Draai terug na Cronje en haal sy skouers op.

"Roux is die een in die beeldmateriaal, nié hierdie man nie. So.."

Hy gooi sy hande selfvoldaan in die lig op om sy punt te bewys en stamp dan by Cronje verby.

Maar Cronje kry hom aan die arm beet.

"Kyk na die broek wat hy aan het jou idioot! Dit is duidelik iemand anders se broek. Die broekspype sit amper bokant sy enkels!!"

Visagie sien nou vir die eerste keer wat Cronje bedoel.

Hy probeer die effens bekommernis wat op sy borskas kom sit ignoreer.

Kap instede sarkasties terug. "Vir al wat ek omgee kon hy 'n rok aangehad het my ou! Hy is steeds nie die man wat ek en jý op die skerm gesien het nie. *Case closed.*"

Cronje neem 'n diep asemteug. Besluit om liefs vir eers sy aandag na die man wat op die bank sit te skuif. Daar was nie salf aan Visagie te smeer nie, hy was besig om homself aan sy eie tou op te hang.

"Naam?"

Daniël Short wat nog die heeltyd die onderlinge getwis tussen die speurders dop hou, neem op daardie oomblik 'n baie gewaagde besluit. Sy hoop is dat dit dalk die skaal in sy guns sou swaai. Hy sal die waarheid vertel. Of hy sal ten minste so naby daaraan bly as wat hy kon. Hy wil nie onnodig sy hele verlede op die lappe bring nie. Hy gaan na die beste van sy vermoë die twee speurders teen mekaar af speel. Sien of dit sy situasie help.

"Daniël Short. Eienaar van *Over borders aviation*. Ek was nie na die partytjie genooi nie. En ek en die regter was ook nie vriende nie. Ek was vanaand van plan om daardie misrabele verskoning van 'n man te vermoor. Maar iemand anders het my voorgespring. Nie dat ek ondankbaar is nie. Inteendeel! Maar ek sou graag self die glimlag van sy gesig wou afvee."

Hy wink na Cronje.

"Daarom dan my opmerking vroeër in die motor."

Hy glimlag oor die verbasing op beide speurders se gesigte. Sy erkenning het, soos hy gehoop het, hul heeltemal omkant gevang.

"Enige iets anders wat julle wil weet?"

Cronje is die eerste wat tot verhaal kom.

Die selfvertroue van die man is weliswaar soos 'n rooi waarskuwende flikkerlig.

Daniël Short was 'n uitgeslape jakkals.

"Wie se broek het jy daar aan meneer Short?"

Hy antwoord sonder om te skroom.

"Die Regter sin. Myne het nat geword in die swembad. Toe trek ek myne uit en trek die regter se broek wat in die aanpaskamer opgevou was aan. As jy my nie glo nie kan jy maar vir meneer Roux vra. Hý het vroeër in die voorportaal gesien toe ek my broek per ongeluk op die vloer laat val het. Of miskien het dit nie by hom geregistereer nie. Dit het nogal gelyk of sy gedagtes op daardie oomblik elders anders was. Uhmm ek wonder hoekom? O wag ja, dit is reg. Jý.."

En hy beduie na Visagie.

"... het net nou iets genoem van beeldmateriaal wat meneer Roux impliseer. Verbeel jou net!!

Short lig homself van die bank af op. Vee tartend oor die broek.

"Klink my julle het reeds julle moordenaar en tesame verseker groter probleme as 'n man in 'n té klein broek. Dus as jul my sal verskoon."

Hy begin deur toe loop, steek halfpad vas. Hy haal 'n besigheids-kaartjie uit en stop dit in Visagie se hand in.

"Hier is al my kontakbesonderhede. Kontak my gerus as julle enige ander vrae het. En sterkte met hierdie allemintige gemors. Seker maar 'n storie as een van jou eie so aangejaag het."

Hy draai na Cronje.

"O en bedank tog asseblief vir meneer Roux namens my. Daardie kollega van jou het my 'n moewiese guns gedoen hoor."

Cronje tree voor Daniël Short in, maar rig sy vraag aan Visagie.

"Nie so vinnig nie meneer Short. Het jy hom in enige van die opnames gesien Visagie? Ons het net nodig om hom en die regter op dieselfde tyd in die binnehuise swembad te plaas.. "

Die skielike frons tussen Visagie se wenkbrou verklap sy fout.

"VERDOMP VISAGIE!"

Jan Visagie maak sy mond oop om iets te sê, maar op daardie oomblik gaan die deur oop en Karin, die huishulp maak haar verskyning.

"Uiteindelik iémand. Waar is al die gaste heen? Ons wag nog die heeltyd in die sitkamer. Mevrou Taljaard het my gestuur om.."

Sy raak stil toe sy Daniël Short gewaar. Haar blik gly oor die man en die té klein kledingstuk wat hy aan het.

"Jy het een van Ren se broeke aan?" merk sy verbaas op.

Daniël Short knik.

"Korrek. En jý is die dame wat my toegang tot die binnehuise swembad geweier het. Jy is mos die huishulp né?"

Die manier hoe sy met opset Short se opmerking ignoreer en eerder verskoning maak oor die onderbreking, laat Cronje onmiddelik verdag.

"Presies wanneer was hierdie ontmoeting tussen julle?" vra hy.

Karin word asvaal in haar gesig.

Short begin weereens met 'n seepglad mond verduidelik.

Halfpad deur onthou hy iets. Hy besluit om dít ook te noem. Hoe meer verwarring hy kan veroorsaak hoe beter vir sy eie saak.

"Dit was tydens daardie irriterende partytjie organiseerder se toespraak. Onthou jy jonge dame? Jy was net by die binnehuise swembad oppad uit. Jy was so haastig jy het my amper onderstebo geloop."

Hy glimlag by homself, voeg dan vinnig by. "Jy wou seker droë klere gaan aantrek het. Ek onthou dit het gelyk asof jou klere nat was."

Die huishulp maak haar mond oop om iets te sê, maar dit is asof die woorde nie wil uitkom nie.

"Wag. Het een van julle twee vir meneer Roux rondom die selfde tyd êrens naby dieselfde vertrek of dalk in die gang gewaar?" val Visagie van die kant af in met die hoop om sy saak te versterk.

Maar dit is asof Visagie nie eers in die vertrek is nie.

Niemand skenk aandag aan hom nie.

Die huishulp en Short gluur mekaar aan asof hul met groot wantroue in 'n geheim deel.

En Cronje herroep met sekerheid Short se opmerking oor die huishulp se klere.

Dít, was een van die dinge wat vroeër aan sy onderbewuste geknaag het.

Haar klere was gedeeltelik nat nog voór Jean agter sy pa in die swembad in geduik het..

Sou dit beteken sý was Ren Taljaard se moordenaar en nié Daniël Short nie?

14.

"En jy het dit nie enigsins agterdogtig gevind nie?! 'n Hele aand verloop en al opname wat deur die kamera opgevang is, is die verdrinking. Niks voor dit of na dit nie..?! Hoekom het jy dit nie genoem nie Visagie!"

"Griesel het my opdrag gegee om uit te vind of Roux skuldig was aan die moord waarvan jý hom verdink het. Ek het die beeldmateriaal opgespoor en dit was dit. Die bewyse wat ons nodig gehad het! En as ek reg onthou rapporteer ek nie aan jou nie Cronje. Einde van die storie my ou. Mense stel in elk geval die sisteme om te aktiveer en de-aktiveer soos hulle wil so, ek het niks meer daarvan gemaak nie."

Cronje skud sy kop in ongeloof.

Nadat hy die nuwe twee verdagtes in aparte vertrekke toegesluit het, het hy Jan Visagie opdrag gegee om hom na die houthuisie te volg. Hy was onder die indruk dat daar meer as een opname was. Sy plan was om die keer self deur alles te kyk. Miskien deur dit te doen kon hy Daniël Short se storie bevestig, asook vasstel presies wanneer en wat die huishulp in die binnenshuise swembad gedoen het. Sy hoop was dat Visagie iets van belang mis gekyk het.

Maar na dié nuwe ontdekking aangaande net die een opname het hy met meer vrae as antwoorde gesit.

Roux tik op die skerm.

'Kyk, sien daar! Net voor die moordenaar in die swembad klim. Die broekspype is opgerol."

Beide Cronje en Visagie leun nader om beter te sien.

Roux is reg.

Hy vee oor die onderkant van sy langbroek wat nog klam is.

"En ek het net so in die swembad geklim. En daar is nog iets..."

Cronje weet reeds wat hy gaan sê. Dit is die ding wat hom gepla het kort nadat Visagie die eerste keer die opname aan hulle gewys het.

"Die opname begin halfpad deur.. Dit wys nie hoe die moordenaar toegang gekry het ..."

"Of hoe die verdagte weer die vertrek verlaat het nie." las Roux by.

"Blote toeval." stel Visagie voor.

"Hoogs onwaarskynlik" frons Cronje bekommerd.

Visagie maak 'n snork geluid. "Steeds, dit is alles spekulasie. Dinge wat bes moontlik 'n logiese verduideliking het.. Die feit bly staan.."

Cronje bulder bo-oor hom.

".. Dat nie ek of jy nou sonder enige twyfel kan bevestig dat dit wel Roux in die opname is nie!!.. Veral nie met elke tweede Jan Rap en sy maat wat vanaand 'n vermomming gedra het nie!!. Nee wat hoe meer ek daarna kyk hoe minder dink ek dit kan as bewysstuk teen jou voorgelê word Roux."

Roux sug. "Steeds, ironies genoeg, as dit al is waarop ons het om die moordenaar vas te pen, is ek in dieper moeilikheid as die moordenaar. Want, as ons dit kan weg verduidelik, kan die verdediging dieselfde doen."

"Wel, sover dit my aangaan is jy van die verdagte lys af." sê Cronje en draai na Visagie.

"Het jy die inligting oor die sake op die hofrol gekry Jan?"

Asof Visagie se beskerm engel tussenbeide tree *biep* sy selfoon met juis die presiese inligting.

Algaande, soos hy die inligting hardop lees word hy rooier in sy gesig.

"Hy was besig met die verhoor van 3 sake. Een was 'n aanklag van moord en internasionale dwelmsmokkelary. Die maatskappy betrokke.. *Over borders aviation*. Die eienaar ons eie meneer Daniël Short. Die tweede. Onwettige smokkel, korrupsie. moord. 'n Meneer Joubert. Klink na 'n *nasty piece of work*. En die laaste saak.."

Hy kyk van sy foon af op na Cronje en Roux.

"Die *Groot Geheim* saak van laas jaar. Die aanklag teen jul ou vyand Magiel Lubbe."

Roux is uit sy stoel.

"Dit is hý Konstantyn! Ek wed jou! Onthou hy het gesê hy ken mense. Hy het destyds wraak gesweer!"

Cronje oorweeg onmiddelik die moontlikheid van konneksie tussen sy nuutste verdagte, Karin, die huishulp en hul ou vriend, Magiel Lubbe.

Die legkaart stukke pas.

Sy het die kom en gaan van die Taljaards geken.

Sy het geweet van die partytjie. So n gedoente word maande vooruit beplan. Dit sou haar en Magiel Lubbe genoeg tyd gegee het om hul plan te laat werk. Sy het geweet Cronje en Roux sou ere gaste wees.

En met die nodige kennis kon sy die kamera op die regte tyd geaktiveer het.

Dan was daar natuurlik ook die kwessie rondom haar nat kledingstuk.

"Kry vir my inligting oor Karin Fletcher se agtergrond Visagie. Ek dink ons is uiteindelik op die regte spoor."

Vir die eerste keer daardie aand praat Visagie nie teë nie. Hy stap gehoorsaam by die houthuisie uit om die nodige oproepe te maak.

Maar voor hy kan begin, lui sy eie selfoon. Hy antwoord, luister, mompel iets oor die slegte opvangs in so 'n *grand* buurt. Hy stap 'n paar tree weg, luister weer, groet en draai terug na Cronje.

"Dit was Alice. Sy het 'n merk agter op die regter se rug gekry. Dit is koeël rond en effens groter as 'n vyf rand stuk. Die indentasie is redelik diep. Haar gevolgtrekking is dat dit die wapen was wat gebruik was om regter Taljaard onder teen die bodem vas te druk sodat hy nie kon opkom vir lug nie. Daar was ook kneusplekke aan sy nek en kopvel. Let wel, die identasie lyk soortgelyk aan die onderkant van 'n stok."

"'n Stok?" vra Roux verbaas.

Visagie knik.

"Jip. Soortgelyk aan dié wat die blinde mevrou Taljaard gebruik."

15.

Visagie kyk weer vinnig onderlangs na Cronje.

Hy, Roux en Cronje is nou in die sitkamer.

Die drie van hulle het na Alice se oproep koppe bymekaar gesit oor hoe hul die res van die ondersoek sou hanteer.

Visagie het agtergrond inligting oor al die Taljaards, Karin Fletcher, Lushé en Daniël Short aangevra.

Cronje gaan die ondersoek lei.

Roux sou op die agtergrond bly. 'n Besluit waarop hy self sonder veel van 'n verduideliking aangedring het.

Toe Roux die kamer binne stap lig Lushé, wat hom die laaste keer in boeie gesien het, 'n wenkbrou.

Vreemd genoeg wil dit nie voorkom asof sy die nuus omtrent Roux se *arrestasie* vroeer aan enige van die ander oorgedra het nie. Iets waaroor Visagie in die stilligheid dankbaar is. Sy reputasie is reeds op die spel.

Visagie weet nie hoe hy oor die jongste verwikkelinge voel nie.

Is hy spyt dat dinge tussen hom en Cronje nog meer versuur het? Glad nie.

Hulle het nog nooit van mekaar gehou nie. En sal ook nooit nie.

Maar hy is teleurgesteld in homself.

Hy was so gefokus op sy eie agenda dat hy die ooglopende gemis het.

As hy sy kaarte reg gespeel het, kon hy nog steeds aan die hoof van die ondersoek gewees het. Nou is hy net weereens deel van Cronje se span.

Hy kon die spreekwoordelike held gewees het.

Die een wat die legendariese Konstantyn Cronje verkeerd bewys en daardeur Roux se vryheid en beroep gered het.

As hy tog net die een was wat die verdekselse broek in die snippermandjie ontdek het, óf Daniël Short by die hek gestop het, óf die toeval van die enkele beeldopname betwyfel het. Maar hy het nie. In plaas daarvan moes hy te kenne gee dat hy verkeerd is.

Maar hy het net vir Roux verskoning gevra.

Cronje kan egter daarvan vergeet.

Hy sou vir die res van die ondersoek doen wat van hom verwag word.

Maar na die afloop van die ondersoek sou hy vra vir 'n oorplasing na 'n ander stasie onder 'n ander bevelvoerder.

Hy wil nie langer in Cronje se skaduwee leef nie.

Die omswaaie in hierdie ondersoek was vernederend en een te veel om van aan te beweeg.

Hy gaan ook sorg dat Cronje vir die res van die ondersoek nie 'n vinger na hom kan wys nie...

En juis met dit in gedagte dink Visagie weer aan Lushé se opmerking oor die broek in die bewys sak.

Hoe het sy geweet watse kledingstuk in die bewyssak was?

Hy neem die besluit om vir eers niks daarvan aan Cronje noem nie. Nie voor hy meer omtrent haar agtergrond weet nie. Hy wil nie weer sy naam met 'n plank slaan nie.

Hy verskoon homself en stap met die gang af.

Dit is sy taak om die omstrede nuwe testament waarna die weduwee verwys het op te spoor.

Jenna Taljaard kon die inligting oor die testament dalk eerder vir haarself gehou het.

Hoekom dit noem? Dit het motief in hoofletters uitgespel.

Die vraag is net.. Het die blinde Jenna alleen gewerk?

Die antwoord, onwaarskynlik.

So wié was haar medepligtige?

En hoekom die blaam op Roux plaas?

In die gang, net buitekant die studeerkamer steek Visagie vas.

Duskant die deur kosyn op die vloer, half versteek sien hy 'n selfoon lê.

Hy buk en tel dit op. Vee oor die skerm.

'n Foto van die Taljaard gesin helder op.

Ren se foon. Lees dit onderaan die foto. 'n Weegskaal emoji ingesluit.

Op die agtergrond wys 'n *missed call* asook *voice mail.*

Visagie staan 'n oomblik en staar na die selfoon.

Hoe het dit hier op die vloer beland?

Hy merk die tyd wat die oproep deurgekom het. Dit was 'n ruk nà die regter se verdrinking.

Hy besluit om pro-aktief te wees en die nommer terug te skakel en te hoor wie antwoord.

Hy druk die nommer en wag vir die oproep om deur te gaan.

Verder af in die gang begin 'n selfoon terselfdetyd lui.

Hy loop al agter die geluid aan.

Die gelui in sy oor en dié in die huis in sinkronie.

Dit bring hom terug tot voor die sitkamer deur.

Hy stoot die deur oop, sien hoe Cronje 'n selfoon uit sy broeksak haal.

"Hallo?" ego Cronje se stem in Visagie se oor.

Visagie staan verward. "Hoekom het jý die regter gebel Cronje, en dit nadat jy geweet het hy is reeds dood?"

Hy beduie na die regter se selfoon in sy hand. "Ek het sy selfoon sopas op die vloer naby die studeerkamer opgetel."

Cronje se blik beweeg van Visagie na Roux. Sy teleurstelling te groot om weg te steek.

Hy het die oproep beantwoord want, dit was die laaste nommer wat Roux geskakel het. Die nommer wat Cronje opgevolg en die boodskap gelos het.

Dit het beteken Roux hét en was nog steeds besig om vir hom te lieg.

Hy wàs in kontak met Ren. Hulle hét mekaar op een of ander manier geken..

Maar hoekom nie net met die waarheid uitkom nie? Hy het genoeg geleentheid tot nou gehad?

"Cronje?" vra Visagie nou met agterdog.

Cronje knyp sy oë 'n oomblik toe.

Visagie se ontdekking kon nie op 'n slegter tyd gekom het nie. Nie dat hy enigsins verskoning gesoek het vir sy optrede nie. Hy het agter Visagie se rug gegaan en dit was verkeerd.

Hy moet verantwoordelikheid daarvoor aanvaar. Maar nie teenoor Visagie nie, en veral nie in hierdie tydstip van die ondersoek nie.

Hy het tyd nodig om reg te maak wat hy verbrou het.

Die ware moordenaar eers vas trek.

Visagie lui die oproep af en luister na die boodskap wat gelos is.

"Hierdie is speurder Cronje. Kontak my op hierdie selfde nommer sodra jy die boodskap gekry het. Dit is dringend."

Visagie kan help nie. Sy mondhoeke krul vanself op.

Dalk sou hy nadese nie vir 'n oorplasing hoef te vra nie...

16.

"Mens noem dit dwarsboming van die gereg my ou...." sê Visagie met hernuwe wraaklus terwyl hy die oorledene se selfoon in sy hand rond waai.

Cronje sug.

"Jan Visagie. Die alewige slinkse opportunis. Welgedaan jy het my uitgevang. Nou kan jy dalk uiteindelik fokus op dit wat belangrik is?"

"Wat is besig om te gebeur?" vra 'n verwarde Jenna Taljaard in die agtergrond.

Lushé spring van haar gemakstoel af en kom tot Cronje se verdediging.

"Dit is hierdie ander speurder wat hul gestuur het Jenna-*darling*. Ek hou hom dop sedert hy hier aangekom het. Hy stel nie belang in die ondersoek nie. Hy ondermyn alles wat speurder Cronje en meneer *handsome* probeer doen. Persoonlik dink ek jy moet sy bevelvoerder bel en versoek dat hy van die ondersoek verwyder word. Speurder Cronje sal Ren se moordenaar vas trek."

Toe Lushé die woord *moordenaar* gebruik, snak Ulke Taljaard na haar asem.

"Moordenaar?" vra sy en gryp na haar skoonma se hand.

Jean is ook nou uit sy stoel.

Ten spyte van sy eie uitlating vroeër in die voorportaal reageer hy nog steeds met uiterse skok op die bevestiging daarvan.

Lushé neem Jean se plek langs Jenna in. Sy sit haar hand op die weduwee se skouer. Met haar ander hand strek sy vertroostend uit na Ulke.

"Speurder Cronje was op die punt om die nuus met julle te deel. Ek is jammer hieroor Jenna, Ulke, Jean. Maar speurder Cronje het reeds die verdagte aangekeer né? Dit was hoekom jy daardie man netnou verby my en speurder *useless* geboender het, of hoe?"

Cronje reageer nie onmiddellik op Lushé se vraag nie.

Instede hou hy die weduwee eers fyn dop.

Jean en Ulke is die enigstes in die vertrek wat met skok op die nuutste verwikkelinge reageer.

Kon hy Jenna se kalmte toeskryf aan die feit dat sy reeds, soos sy vroeër aan hom ook genoem het, haar vermoedens gehad het. Of was sy net 'n kalm en koelbloedige moordenaar?

"Waar is hierdie man wat jy arresteer het? Vat my nou dadelik na hom toe!" vereis Jean en hy stoot Visagie voor die deur weg.

Roux tree vir die eerste keer tot die gesprek toe.

"Ons het nog niemand arresteer nie meneer Taljaard. Speurder Cronje is nog besig om inligting in te win. Asseblief. Ek weet dit is baie gevra maar as jy wil help om jou pa se moordenaar vas te trek gaan jy moet kalm bly en ons vrae na die beste van jou vermoë antwoord. Help ons om jou en jou gesin te help. Asseblief. Dit is die enigste uitweg."

Visagie wat steeds van plan is om Cronje in 'n slegte lig te plaas probeer 'n ander aanslag.

"Mevrou Taljaard. Ten spyte van wat jy gehoor het, is ek hier om jou man se moordenaar te vang. Maar ek kan dit nie doen as speurder Cronje my ondersoek ondermyn en bly inmeng nie. Die eintlike rede hoekom kaptein Griesel my hierheen gestuur het was omdat meneer Roux die hoofv.."

"VISAGIE!" bulder Cronje waarskuwend.

"HOU OP!....." roep die weduwee en slaan met haar stok op die vloer. ".....ALTWEE VAN JULLE! Goed, speurder Visagie....?"

Sy draai haar gesig met besonderse akkuraatheid in sy

86

rigting.

"Ek is jammer maar tot dusver het jy nie veel indruk op my gemaak nie. Jy het basies geen empatie teenoor my en my gesin gewys daar in die binnehuise swembad nie. Ulke het gemerk hoe dit lyk asof jy die heeltyd loop en glimlag oor iets, wat baie ontstellend is. Jy het ons vir hoe lank hier laat sit en wag vir jou. Sonder 'n woord oor wat aan die gang is. En nou moet ek hoor speurder Cronje is die een wat die moontlike verdagte vasgetrek het. Waar was jy toe dit gebeur het?"

"Hy is die een wat al die gaste sommer net so, voortydig huistoe gestuur het." verklaar Lushé vinnig.

Visagie wil nog kapsie maak, maar Jenna praat hom dood.

"Nee ek wil niks verder hoor nie. Bel kaptein Griesel, nou dadelik!" beveel sy en hou haar hand soekend voor haar uit.

Daar hang 'n doodse stilte in die vertrek. Alle oë is nou op Visagie.

"Ek wag speurder. Jou foon asseblief. Ek wil self met Griesel praat."

Skaars 5 minute later storm Visagie by die trappe af.

Griesel is terug in die Kaap en reeds op pad na die Taljaards se woning.

Maar ongeag hiervan het die invloedryke weduwee haar sin gekry.

Visagie is met onmiddelike effek van die ondersoek geskors.

Griesel se laaste woorde ego weer deur hom terwyl hy die trappe nou twee- twee afstorm.

"Flippit Visagie. As jy maar net weet hoeveel op hierdie ondersoek rus.! Ons sal oor alles praat na afloop van die ondersoek, tot dan bly jy uit my pad."

Terwyl hy die motorenjin aanskakel gewaar hy die party organiseerder uitgestap kom. Sy steek by die trappe vas. 'n Glimlag geplak oor haar gesig.

Toe hy verby haar ry waai sy sowaar vir hom.

Dit voel of die vernedering hom heel gaan insluk.

Hy was nog van plan om 'n oog op haar te hou, aan Cronje haar kennis aangaande die broek te noem. Maar nou kan Cronje in sy glorie in vlieg en alleen op snork.

Hy is klaar met die hele spul van hulle!!

17.

Met Visagie uit die prentjie, kon Cronje uiteindelik sy volle aandag aan die ondersoek gee.

Griesel het wél benadruk dat hy persoonlik na afloop van die ondersoek beide Cronje en Visagie se optrede onder die soeklig sou plaas. Maar dit vir eers daar gelaat...

Hy is vir eers opsoek na 'n moordernaar.

Hy lees weer aandagtig deur die agtergronds inligting wat oor die Taljaards, Karin Fletcher, Daniël Short en Lushé Swart aan hom verskaf is. Daarna werk hy ook weer sy pad deur die inligting aangaande die regter se aktiewe hofsake.

Nadat Visagie die pad gevat het, het Cronje net die nodigste inligting met die Taljaards en Lushé gedeel.

Volgens hulle was Karin en meneer Short nou in 'n aparte vertrekke weens die sensitiewe inligting wat beide tot die ondersoek kon bydra..

Hy het vir eers niks aangaande die bevindings van die nadoodse ondersoek aan Jenna en die kinders genoem nie. Maar wel vir genoegsame tyd gevra om deur al die nuwe inligting te werk.

Hul het ingestem om 'n tydjie langer in die sitkamer te wag.

Roux beweeg nou geruisloos om hom in die studeerkamer rond. Hý is nou die een opsoek na die testament in aanvraag.

Die atmosfeer tussen hulle is gelaai.

Cronje het besluit om Roux 'n laaste kans te gee om self met die waarheid na vore te kom, maar dan lees hy iets raak wat hom van plan laat verander.

"Jou naam word hier genoem Righard.. In die Joubert saak.. Maar ons was nie deel van die ondersoek nie? Ek weet niks hiervan af nie."

Die jong AFP kom sak oorkant Cronje in 'n stoel neer.

Hy lyk uitgeput.

"Ek weet.."

Cronje leun terug in die stoel waarin hy sit. Hy vou sy arms voor sy bors. In enige ander ondersoek sou hy dit opsetlik doen om die verdagte op sy gemak te plaas. Maar Cronje besef hy doen dit nou om homself te probeer staal teen die volgende aanslag. Sy emosies reeds moeg wipplank gery deur die aand se gebeure.

Roux begin met sy wysvinger ritmies op die enorme geelhout tafelblad tussen hulle tik. Hy praat sonder om oogkontak te maak.

"Jy het deur my foon gegaan né? Dit is hoekom jy die stemboodskap op die regter se selfoon gelos het. Jý wou geweet het met wie ek in kontak was."

Cronje knik.

"Uit bekommernis. Jy het die afgelope tyd in 'n ander mens verander Righard."

"Visagie gaan dit nie los nie. Jy gaan duur betaal daarvoor Konstantyn."

"Dit was my besluit gewees puisiegesig. Ek sal vat wat na my kant toe kom. Maar dit is tyd dat jý oop kaarte met my speel.... Asseblief."

Tip-tip-tip. Tik Roux, maar aangaande sy gedagtegang verander begin hy met dieselfde vinger onsigbare patrone oor die tafelblad teken.

"Soos jy weet is die mense wat my groot gemaak het nie my biologiese ouers nie."

Cronje knik. Dit is iets wat Roux eenkeer tydens 'n dieper gesprek aan hom genoem het.

"My neef is Hendrik Roux. Die naam mag dalk 'n klokkie lui. Hy.."

"Soos in *Dik* Roux?!"

Cronje het presies geweet na wie Roux verwys. Hendrik *Dik* (vanweë sy sterk bo-arms) Roux was deel van die Mariene Patrollie eenheid. Dié eenheid was op die been gebring met die doel om die onwettige vang en smokkel van perlemoen te bekamp. Vir die oningeligte mag dit dalk voor die handliggend geklink het, maar die spreekwoordelike onderwater-wêreld was 'n vangnet van vele ander kriminele aktiwiteite. En die misdadigers was koelbloedige, wreedaardige, genadelose mense. Meestal gebore in armoede. Gedryf deur 'n onversadigde begeerte, 'n smagting na rykdom. Dit was 'n bykans onbegonne taak, 'n geveg wat nooit gewen kon word nie. Nie solank as wat gretigheid die motief was nie. .

"Ja hy. Hendrik was in 'n voorval betrokke. Dit het gebeur kort nadat ek by die speur eenheid aangesluit het. Ek en jy het nog nie eers saam gewerk nie. Hulle was uit op patrollie in Kommetjie. Daar het inligting ingekom oor duikers wat besig was om te stroop. Hy en sy span was reeds per boot in die omgewing. Hulle het die manne ingewag. Maar van die stropers aan boord was gewapen. Daar was skote gevuur. Een van die misdadigers was noodlottig gewond. Hendrik was die een wat hom geskiet het…"

"Ek onthou die voorval. Het iemand hom ook nie amper verwurg nie?"

"Ja, dit was 'n kwessie van selfverdediging. Dit was óf sy lewe óf sy aanrander s'n… Die ding is. Die man wat hy geskiet het was die seun van Luke Joubert.."

"Die man wat intussen voor Ren verskyn het. Een van die drie hofsake waarmee hy besig was."

"Dit is reg, ja. Sy seun het geen rede gehad om daardie aand op die boot te wees nie. Maar daar was sprake van dwelmmisbruik en hy was blykbaar baie avontuurlustig. Sit die twee goed bymekaar, gooi 'n onverwagse klopjag by die mengsel in en ja.. Die kind se kop het seker maar uitgehaak."

"Goed. Maar wat het enige hiervan met die telefoonoproepe tussen jou en Ren te doen?"

Roux kyk Cronje stip aan. Hy lê sy woorde versigtig uit asof hy deur dit te doen sekere optredes kan regverdig..

"Hulle het dit moeilik Konstantyn.. Die ure is lank, die betaling is min. En jy weet self... Die Mariene Eenheid baklei 'n oorlog wat moeilik gewen gaan word. Mettertyd breek hulle moed. Hulle word sagte teikens. Party word omgekoop. Ander kom in die versoeking om van die vangste self te steel en op die swartmark te verkoop."

"En dan is jy gebrandmerk.. "

"Presies. Dit is 'n klein eenheid. Skaars 50 lede. Die stropers leer hulle gesigte vinnig ken. My neef, Hendrik het daardie aand 'n gedeelte van die vangs eenkant gehou en later verkwansel. Joubert het intussen daarvan te hore gekom en Hendrik probeer afpers. 'n Ligter vonnis vir sy stilswye."

"Ek sien nog steeds nie wat enige van dit met jou uit te waai het nie Righard?"

"Hendrik het die geld wat hy gemaak het sonder my mede-wete in mý woonstel kom versteek. Joubert het van sy manne gestuur om Hendrik dop te hou. Gevolglik het hulle die boodskap oorgedra dat ek van Hendrik se dinge bewus was en in sy fondse deel. Ek het seker so maand gelede 'n oproep van Joubert uit die gevangenis ontvang. Ek het daardie aand vir Hendrik gekonfronteer en hy het erken dat hy van die R200 000 wat hy gemaak het sowat R50 000 bo in die plafon langs die geyser weggesteek het. En nog erger was die feit dat hy regter Taljaard reeds genader het met 'n omkoopfooi."

"En.."

"Volgens Hendrik het die regter dit oorweeg. Intussen het Joubert se manne my lewe begin hel maak. Dreigemente, koeverte met fotos wat van my aanneem-ouers geneem is onder my deur. Oproepe en en en en... Dieselfde storie met Hendrik. Hy het my eers met van die geld probeer omkoop, maar toe dit nie werk nie het hy gewaarsku as ek nie my mond hou nie, hy seker sou maak ek betaal daarvoor."

"En wat van Ren?"

"Om jou die eerlike waarheid te sê weet ek nie Konstantyn. Toe ek hom die eerste keer gebel het, het hy natuurlik enige omkopery ontken. Inteendeel het hy voorgestel ons stel 'n lokval vir almal betrokke. Maar aangaande ek my plan om presies juis dit te doen aan hom voorgelê het, het sy praatjies verander. Ek dink hy het vir homself probeer tyd koop, of miskien gekyk of ek nie van plan sou verander nie. Ek kan nie met sekerheid sê of hy korrup was of nie. Ek wou jou oor alles ingelig het Konstantyn. Maar hy het daarop aangedring dat jy nie betrokke moes raak nie. Hy het gesê julle het 'n slegte verlede, dat jy hom sou veroordeel. Hy wou die hele ding in die stilligheid hanteer. Hy het bly sê hy wou sy naam en betrokkenheid daar uit hou. Maar my senuwees was gaar. Ek het vanaand met ons laaste gesprek gesê óf hy kom uit met dit, óf ek gaan na Griesel toe."

"En nou is hy vermoor, en ons sit met 'n lang lys van verdagtes."

"En meer vrae as antwoorde." beaam Roux.

Cronje skud sy kop en gaan sonder 'n verdere woord aandagtig deur die res van die inligting.

"Enige iets?" vra Roux toe Cronje heelwat later uit sy stoel uit opstaan.

"Ek sal elkeen individueel moet ondervra."

"En wat van die Joubert en Magiel Lubbe sake?"

"Een ding op 'n slag Roux. Laat ons eers sien wat uit die ondervragings kom. Ek wil met die huishulp begin. Meer uitvind oor die testament en hoeveel sy van die argument gehoor het. Maar voor ek daar begin...Vroeër toe ek in die sitkamer was.." Hy beduie na die deur en loop sonder 'n verdere woord na die sitkamer toe.

Roux volg kort op sy hakke.

In die sitkamer loop Cronje reguit na die boekrak toe, neem die boek wat steeds deels uitstaan tussen die res en slaan dit oop.

Die opgevoude koevert is ongetwyfel die rede hoekom die boek nie in die eerstens nie in sy plek op die boekrak wou inpas nie.

Ten aanskou van Jean en Ulke, vou Cronje die koevert oop en haal 'n vel papier uit.

In die agtergrond verduidelik Lushé aan die blinde weduwee wat besig is om te gebeur.

Cronje laat sy blik vinnig oor van die bewoording op die bladsy gly.

Hy oorhandig die vel papier aan Roux.

Terwyl Roux lees spreek Cronje die Taljaards en Lushé aan.

"Ek gaan nou met die ondervragings begin. Hoe dit gaan w..."

Ulke sny hom af. "Wat is dit daardie?" vra sy en beduie na die vel papier in Roux se hand.

"Ek sal alles verduidelik, nà die ondervragings."

"En as ons weier?.. Jy weet, om ondervra te word." vra Jean.

Cronje haal sy skouers op.

"Dit is natuurlik jou vrye keuse, nog niemand is onder arres nie. Ek doen dit as deel van die ondersoek. Bloot om inligting in te win. Gewoonlik is meeste mense gewillig, dit is maar die wat iets het om weg te steek wat...."

Jean is vinnig op sy perdjie. "Dit is nie wat ek gesê het nie!"

"Deksels Jean!" fluister Ulke te hard onderlangs nadat hy weer sy sitplek kry. "Ek het jou gewaarsku jy speel met vuur!"

Cronje lig 'n wenkbrou. Die paartjie was duidelik besig om iets weg te steek.

Hy skiet 'n blik in Roux se rigting.

Met Roux se hulp sou hy die ondersoek van twee kante beetpak.

Roux sou die moontlike konneksie tussen die drie hofsake waarmee die regter besig was ondersoek terwyl hý die Taljaards hanteer.

Die vel papier wat in die boek versteek was, is 'n uitslag van 'n vaderskap-toets aangevra deur die regter. Die uitslag is positief. Meer interessant is die feit dat Karin Fletcher se naam as die kontak persoon gelys is.. En dat die identiteit van die getoetste individu weggelaat is.

Was die omstrede testament die gevolg van die DNA uitslae?

Dit het op hierdie stadium so gelyk.

Maar dit het nie noodwendig beteken dit was die rede agter die moord nie.

Uit die hoek van sy oog sien hy hoe Lushé na haar horlosie bly loer.

"Moet jy êrens wees?"

Die mollige vrou lig haar self uit die rusbank waar sy langs die weduwee gesit het. Sy hou haar hand uit. Glimlag verleë.

"As ek net my selfoon by jou kan terug leen vir 'n oomblik. Ek wil net 'n oproep maak. Dit raak laat en ek wil net reël dat my buurman my kat kos gee. Sy kan.."

'n Sagte *piep* wat uit Cronje se broeksak opklink onderbreek haar voor sy kan klaar praat.

Lushé loer vinnig weer na haar horlosie. Word meteens bloedrooi in haar gesig. Sy gee 'n ongeskikte snorklaggie.

"Wil jy nou meer *lovey*. Daar gaan my selfoon juis af. Dit is seker 'n boodskap van my *beautiful* buurman af.."

Sy hou haar hand steeds uitgestrek.

Cronje gewaar die effense bewerasie van haar vingers.

Die skielike spanning in haar gesig.

Hy haal haar selfoon uit sy broeksak.

Maar in plaas van die selfoon vir haar gee, vee hy vinnig oor die skerm.

"Nee! Gee!" roep sy en probeer by die selfoon by hom gryp.

'n Veel langer Cronje hou haar selfoon buite haar bereik.

Op die skerm lees hy die eerste paar woorde van die whatsapp.

"Is die vark vrek?

"Nee asseblief nie!" bars Lushé bykans in trane uit.

Cronje skud sy kop. Druk haar selfoon terug in sy broeksak.

Hierdie ondersoek is sowaar een vir die boeke.

18.

(Vrywillige ondervraging: Karin Fletcher, huishulp.)

"Vertel my weér..."

Die trane stroom oor die fyn gesiggie van Karin Fletcher.

Sy skud haar kop verontwaardig.

"Ek... ek was lief vir hom, ek sou hom nooit seergemaak het nie! Nooit!"

Cronje bly haar aangluur, ongeraak deur haar trandedal.

"Ek wag."

Sy vee 'n sliert hare agter haar een oor in. Neem 'n diep asemteug.

"Nou goed. Jenna het gevra dat ek die binnehuise swembad vir die *party* gesluit hou. Maar die regter wou oudergewoonte eers swem. Hy het die sleutel vir my gegee en vir 15 minute grasie gevra. Ek het gewag tot die tyd verby was en toe terug gegaan om die deur te gaan sluit."

"Hoekom dan weer binne in gaan? Hoekom nie net die deur van die buitekant af sluit nie?"

"Ek wou seker maak ek sluit die regter nie per ongeluk binnekant toe nie. Die aantrek kamer se deur het half toe gestaan. Ek het na hom geroep maar daar was nie antwoord nie. Ek het besluit om tot by die aantrek kamer te stap, net om honderd persent seker te maak."

"Was die klere wat hy daar binne sou uitgetrek het, nog daar?"

Sy knik.

"Sy langbroek?"

'n Effense frons vorm tussen haar wenkbroue.

"Ek.. ek kan nie met sekerheid sê nie, maar daar het nog van sy eie klere saam met die simpel pikkewyn pak wat hy na die tyd moes aantrek gelê."

"Goed. Gaan voort."

"Soos ek al oor en oor gesê het. Ek het net daar omgedraai. Ek het nie die plas water raak gesien tot dit te laat was nie. Ek het gegly en geval. Om dinge te vererger het die sleutel uit my hand geglip en op die tweede trappie van die swembad beland. Ek moes dit uithaal. Dit is hoekom my uitrusting nat was."

"En Ren was nie in die swembad nie?"

"Nee."

"Het jy het niemand anders in die vertrek gesien nie?"

"Niemand."

"En jy het nie tot binne in die aantrek kamer gegaan nie.. Net tot buitekant die halwe oop deur?"

"Ja."

"Kon jy sien of die venstertjies in die aantrek kamer oop of toe was.

"Nee, die vensters sit agter die deur."

"Hoekom het jy nie die vertrek soos bespreek toe agter jou gesluit nie mejuffrou Fletcher?"

Sy skud haar kop.

"Ek .. ek weet nie. Daardie gas, die man wat so skielik voor die deur verskyn het... Ek het vir hom geskrik. Ek dink hy het net my aandag op daardie oomblik af getrek en ek het net vergeet. Dit is al."

Cronje leun terug in die stoel waarop hy sit. Glimlag kamstig goedelik.

"Goed. Nou wil ek hê jy moet terug dink en enige iets wat vanaand uit plek gelyk of vreemd voorgekom het noem. Vat jou tyd."

Sy ontspanne houding het die regte uitwerking op haar.

Sy vee haar neus af en sug diep.

"Wié sou so iets gedoen het?! Was dit daardie man? Is dit hoekom hy die regter se broek aangehad het?"

Cronje antwoord haar nie.

Sy gooi haar kop effe terug. Knyp haar oë toe asof die aand se gebeure in haar gedagte terugspeel.

Haar oë gaan skielik oop.

"Wag! Net voor ek die deur toegetrek het. Daar was 'n beweging buitekant die groot glasvenster wat uitkyk oor die tuin."

"Man of vrou?"

Sy skud haar kop.

"Ek weet nie, maar die persoon was soos meneer Roux aangetrek..vermom."

"Soos jy?"

"Ja, ek het gedink ons... "

Sy kyk nou af na haar hande.

Cronje leun vorentoe. Hy kan sien sy het iets van belang op die hart.

"Praat met my mejuffrou Fletcher."

Sy staar hom 'n oomblik deurdenkend aan.

"Goed. Daar is iets anders speurder.. Ek weet dit klink of ek vinger wys, maar ek voel tog dit is dalk van belang... Daar was geweldige spanning tussen Jean en die regter die afgelope tyd. Hulle het mekaar geduring in die hare gevlieg, soos vanaand weer."

"Waaroor?"

Sy haal haar skouers op. Maar Cronje kan sien sy lieg.

"Was hul gestryery oor die verandering aan die testament of die vaderskaptoets?"

Die skrik skiet sigbaar deur haar lyf.

"Hoe het..?"

"Jenna het my van die testament vertel. Maar jy het ook geweet van die vaderskap toets ne?"

"Ek weet nie waarvan jy praat nie, jammer."

"Ag komaan!!!" Jou eie optrede het my weer na die boeke op rak laat kyk. Jý het dit daar weggesteek. Hoekom?"

Trane stroom weer oor haar gesig.

"Ren was 'n gekompliseerde wese speurder Cronje. Hy was 'n goeie man maar daar was 'n kant aan hom wat.. donker was. Ek dink sy lewe was 'n daaglikse persoonlike stryd tussen goed en sleg."

"Die mens het 'n vrye keuse mejuffrou Fletcher. Jy kiés vir óf teen die kwaad. Vertel my van die testament en die DNA toets."

"Ek het toevallig op die aangepaste dokumentasie wat hy nog moes teken afgekom. En gewoonlik hou ek my uit almal se persoonlike sake, maar toe val my oog op die syfer. Dit was 'n astronomiese bedrag geld wat Ren sommer so uit die bloute wou eenkant hou. En vir wat? Met sy vreemde optredes die laaste tyd in gedagte het ek net gevoel mevrou Taljaard behoort daarvan te weet. Ek was bekommerd oor sy geestestoestand. Jenna het haar bes probeer om agter die kap van die byl te kom. Maar Ren wou niks met haar bespreek nie. Net gesê dit was noodsaaklik vir hom om dit te doen. Einde van die storie. ....Aangaande die vaderskap toets... Ren het bloot gevra of hy enige korrespondensie aangaande die toets aan my kon laat adresseer. Ek vermoed hy wou sy eie identiteit beskerm. Ek het ingestem.."

"Hoekom dink jý het hy juis jóu in die saak geken?"

"Ek weet nie. Ons... ons het van die begin af 'n besonderse goeie verhouding gehad. Hy het my vertrou. Ek het hom verstaan."

"Die logiese afleiding sou wees dat die verandering aan die testament die direkte gevolg van die DNA toets was, of hoe?"

Sy haal haar skouers op.

"Seker.."

"Jou betrokkenheid en kennis van alles laat my baie agterdogtig voel oor jou juffertjie.."

Sy vryf oor haar arms asof sy skielik baie koud kry.

"Ek weet nie wat om daaroor te sê nie..."

"Waar is die testament nou?"

Sy frons effe verward.

"Ek.. neem aan hy het dit geteken en terug gestuur na die prokureurs toe. Dit was sy plan."

"Kom ons neem aan Ren wou daardie geld los vir die individu van die DNA toets."

"Goed."

"Wie was die erfgenaam mejuffrou Fletcher?"

"Geen idee nie."

"Ek glo jou nie. Jy weet dan van alles wat hier rond aan die gang is."

Sy vermy sy blik. Vryf weer oor haar arms.

"Waar is jou ouers mejuffrou Fletcher?"

Sy word bloedrooi in haar gesig.

"My ma is oorlede. Ek het nooit my pa geken nie."

"Was Ren Taljaard jou biologiese vader mejuffrou Fletcher?"

Die huishulp laat sak haar kop in haar hande. Haar hele lyf ruk van die gesnik.

"Ek dink jy het hierdie moord haarfyn beplan juffertjie. Jy het uitgevind die gesiene regter Taljaard was jou biologiese pa. Jy het jou pad in sy huis en gesinslewe ingewerk en toe die bom gebars. Ren was seker te gewillig om jou stilte te koop, of hoe? Jy ken hierdie huis, weet van die versteekte kameras, die feit dat almal vanaand hier vermom sou wees. Was die partytjie nie dalk jou voorstel gewees nie? Al wat jy moes doen was die blaam op iemand anders sit. Maar dit was jý wat hom vermoor het. Jý het by die binnehuise swembad ingesluip en sy kop onder water gehou tot hy verdrink het, en dit is die eintlike rede hoekom jou klere nat was!! "

"Jy is verkeerd. Oor alles." prewel sy deur haar hande.

"Jý het Jenna van die testament vertel in die hoop om enige aandag van jou betrokkenheid na toeval te laat lyk. Maar jy het ook geweet Ren sou nie afstand doen van sy plan nie. Dus was jy nie te bekommerd oor die argument tussen hom en Jenna nie. En aangesien net jý en Ren van die DNA toets geweet het, was jy verseker van die fortuin wat jy sal erf. Al wat jy moes doen is om uiters geskok en verras voor te kom.."

"Hou asseblief op!"

"Wel, ongelukkig het jou plan nie gewerk nie juffertjie.."

Karin Fletcher lig haar kop, staar na Cronje met rooi gehuilde oë.

"Wat bedoel jy met my plan het nie gewerk nie?"

Cronje glimlag.

"Ek dink jy was bietjie haastig. Jy het Ren vermoor voor hy die nuwe testament kon teken. So nou gaan jy agter tralies sit en nog as 'n arm kerkmuis daarby."

"Maar ek het *niks* met Ren se moord te doen gehad nie!"

"Ek wil jou glo. Regtig, maar dinge lyk nie goed vir jou nie juffertjie."

Karin Fletcher spring uit haar stoel. Duidelik desperaat om enige aandag van haarself af te kry.

"Kom laat ek jou 'n gratis brokkie raad gee speurder Cronje. Almal in hierdie huis hou 'n front voor. Selfs... selfs.. Jenna Taljaard. Vra Ulke bietjie uit oor haar en haar skoonma se verhouding dan sal jy sien wat ek bedoel."

"Insunieer jy dat mevrou Taljaard agter die dood van haar eie man sit?"

Sy laat haar blik oor hom gly. Vir 'n oomblik lyk dit asof sy die besluit neem om iets van groot belang met hom te deel. Maar Cronje sien ook hoe sy van dieselfde besluit afstaan doen.

"Al wat ek probeer sê is..."

Sy vee 'n sliert hare agter haar oor in.

".. in hierdie huis het almal geheime.."

∗ ∗ ∗

(Vrywillige ondervraging: Daniël Short.)

"Ah speurder Cronje... uiteindelik. Ai dit was seker aaklig om jou kollega tronk toe te stuur. Gaan die *dapper* speurder Cronje die vernedering darem oorleef?"

"Jý is op my verdagte-lys, nie Roux nie."

"Sowaar?"

Hy lyk vir 'n oomblik omkant gevang. Maar Short trek gou weer die sluier oor sy verbasing toe..

"In daardie geval het jy seker bietjie in my agtergrond gaan rondkrap?"

"Korrek."

"Dan weet jy seker van die aanklagte teen *OBA*?"

"Jy smokkel met dwelms meneer Short. En jy gebruik jou maatskappy *OBA* om dit te doen. Al jou vlieëniers weet waarmee jy besig is. Jy betaal hulle 'n aansienlike fooitjie om jou pakkies rond te vlieg. En die wat dit waag om teen jou op te staan, vriend of vyand, word summier vermoor.

En jy doen al hierdie dinge onder die vaandel van Internasionale Uitreiking en Voedings Werk. Jý is die tipe gemors waarmee ek nie eers wil onderhandel nie. Jou soort behoort sonder enige genade van die aarde gevee word."

"Sjoe! Soveel woede en spekulasie speurder Cronje.. Onthou, die hof moes nog 'n uitspraak lewer. Maar nou met Ren uit die prentjie uit.."

"Daar is nog baie ander regters op die bank wat jou met liefde sal weg sluit."

"Dalk, maar as daar een ding is wat ek geleer het is dit dié.. Almal het 'n prys speurder Cronje." knipoog hy.

"Jy het Ren probeer omkoop en toe werk dit nie. Dit is hoekom jy hom kom vermoor het."

Daniël Short lig 'n wysvinger na Cronje.

"*Wou.. wou* vermoor het. Ja, die bliksem het vir 'n reuse bedrag geld gevra. Nogal belowe hy sou *OBA* net 'n hewige boete oplê en van my vlieëniers se vlieg-lisensies opskort. Vir die res het hy verseker ons sou die hofsaak op 'n tegniese punt wen. Maar toe hou hy die geld en waag dit sowaar om my in te lig dat hy van plan verander het. Die idioot."

"Het jy geweet van die versteekte kamera in die swembad area?"

"Nee."

"En wat is jou moordwapen van keuse?"

Short lig sy hande, maak 'n wurg gebaar.

"Hoekom nie iemand anders stuur om jou vuil werk te doen nie? Om self hier op te daag was 'n risiko. Ren sou tog dadelik besef het wié jy was."

"Die vermommings het dit maklik genoeg gemaak. En ek wou hê my gesig moes die laaste ding wees wat hy sien. Hy moes uitvind Daniël Short laat nie met hom mors nie. Ek wou hê hy moes besef ek was hiér in sy huis, tussen sy gesinslede.. Hy moes die vrees proe, die wonder van wat ek na hom aan hulle sou doen."

"Hoe het jy geweet van die partytjie vanaand?"

"*Facebook* speurder Cronje. As die mensdom maar net weet hoeveel sensitiewe inligting hul op die sosiale netwerke pleister as hulpbron vir die kriminele wêreld.. Dit het een valse profiel gekos en *viola*. Ek het toegang gehad tot liewe dom Lushe Marx se opkomende VIP projekte. Sy kon nie uitgepraat raak oor wat dié partytjie vir haar status sou doen nie. Daar was omtrent elke dag 'n ander 'n *post*."

"Jy sê iemand het jou voorgespring. Maar hoekom moes jy dan jou broek met die van die regter omruil?"

Daniël Short maak 'n vreemde snorkgeluid.

"Jy gaan my nou nie glo nie, dit is nogal 'n snaakse storie hoor. So teen die tyd wat ek uiteindelik by Ren uitkom is die blikskottel klaar dood, behalwe, ek weet nie. Ek sluip in, klim af tot op die eerste swembadtrap en wag vir hom om van die bodem af na die oppervlakte te kom... Maar natuurlik gebeur dit nie. En daar staan ek soos 'n nar met 'n hart vol wraak en 'n nat broek."

"Ek glo jou nie."

Short haal sy skouers op.

"'n Pas verdrinkte dryf toe nie op die oppervlakte soos hul altyd in die flieks wys nie."

Cronje kan sien hoe die ratte in sy slinkse brein aan die draai is.

"Wat is dit Short?"

"Ek dink ek het sopas iets onthou wat jou met jou ondersoek kan help, maar dit gaan jou kos."

"Ek onderhandel nie met gemors nie."

"Ag wel. As jy dit dan so verkies.."

"Jy het die regter se broek in die aantrek-kamer gekry, korrek?"

"Jip."

"Was daar iets in sy broeksakke? Enige notas of iets anders?"

"Sy selfoon, maar oppad uit het ek van dit ontslae geraak. Ek was bang die ding begin lui."

"Was die vensters in die aantrek-kamer oop of toe?"

Daniël Short glimlag slinks.

"Weet jy... Ek kan sowaar nie onthou nie."

* * *

(Vrywillige ondervraging: Lushé Marx)

Sy skuif effens vorentoe op haar stoel toe Cronje in die vertrek gestap kom. Haar pof handjies in haar skoot gevou.

"*Speurder..*"

Cronje gaan sit oorkant haar.

"Weet jy wat knaag aan my Lushé?"

Sy skud haar kop, kyk af na haar hande.

"Die feit dat jy niks van Roux aan enige iemand genoem het nie..."

Sy bly net so sit.

"Die beste AFP in die land geboei, en jý bly stil daaroor?"

Cronje haal haar selfoon uit sy broeksak.

"En dan is daar dié boodskap... Gaan jy verduidelik of moet ek raai?"

Daar is 'n ligte klop aan die deur voor dit oop gaan. Roux loop in, fluister iets in Cronje se oor en loop weer uit.

Cronje wag tot hy die deur weer agter hom toe getrek het voor hy praat.

"Nou toe nou. Roux het uitgevind jy en Magiel Lubbe ken mekaar...Dit is toe hy wat daardie whatts app na jou foon toe gestuur het."

Lushé Marx kyk op. Meteens flits haar oë vol haat.

"Ek sal enige iets vir hom doen.."

"Hy is 'n gewetenlose moordenaar Luhsé."

104

Sy skud haar kop.

"Jy ken hom nie soos ék hom ken nie."

Cronje skud sy kop, gee 'n snorklag.

"Nou lig my in.."

"Magiel het my gekontak. Ons het…"

"Hoe lank terug was dit?"

"Seker so drie en 'n half maande gelede. Hy het te hore gekom van die regter se partytjie.."

"Hoe?"

Sy glimlag met 'n mate van trots.

"Julle pote weet ook niks! Die mense daar binne het kontakte. Net omdat hulle binne sit beteken dit nie hulle weet nie wat in die buite wêreld aan die gang is nie. In elk geval hy het gehoor van my en dat ek die partytjie sou beplan en organiseer. Hy het my weekliks begin skakel en ons het bevriend geraak. Ek het selfs al een of twee keer vir hom gaan kuier…"

Cronje lig 'n wenkbrou.

"Hoekom? Omdat jy nog altyd met 'n psigopaat vriende wou gewees het?"

Sy ignoreer sy opmerking.

"Hy het my vertel hoekom hy binne was. Oor *Groot Geheim*. Van jou en daardie klein snotkop. En die regter.."

"Wat van Ren?"

"Magiel het hom gekontak. Kom ons sê maar net hy het die regter oortuig dat sy herverhoor en 'n nie-skuldige uitspraak tot sy finansiele voordeel sou strek. Ou Ren was tog te gretig om Magiel te akkomodeer. Hy het selfs op 'n keer vir hom in Pollsmoor gaan kuier. Vreeslik baie uitgevra oor jou en Roux en alles wat op *Groot Geheim* gebeur het. Hy het Magiel verseker hy sou vir die korrekte bedrag omkoop-geld die saak tydens die herverhoor op 'n tegniese punt uit die hof gooi."

"Onmoontlik. Daar was geen sprake van 'n herverhoor nie. En buitendien was ons saak waterdig."

"Ren sou die nodige toutjies trek vir 'n herverhoor. Magiel was van plan om die keer al die betrokke ooggetuies te intimideer. Bietjie die skrik op die lyf te jaag, want sonder hul getuienis was daar nie 'n saak nie. Maar die regter wou niks daarvan weet nie. Hy het gesê dit was óf sy manier of niks. Hy sou Magiel se prokureur die nodige inligting voer om sodoende 'n herverhoor te regverdig en verder moes ons alles doen presies net soos hy sê."

"Magiel het hom die geld betaal, maar toe verander die regter skielik van deuntjie..."

"En hy besluit om Ren te vermoor, ingeval hy Magiel aan die kaak wou stel en terselfde tyd Roux soos die skuldige te laat lyk."

"BINGO!"

"So die vermommings vir die partytjie, was sý idee?"

Sy straal van trots.

"Nee myne. Hy het gedink ek is briljant! Almal weet julle twee dink julle is *Batman en Robin*. Hy kon nie wag om jou te verneder nie. Boonop sou dit hom daarna genoeg tyd koop om 'n meer gewillige *kanidaat* op die regsbank te soek om om te koop.. Niemand mors met my Magiel nie. Ren het gekry wat hy verdien, die dief."

"Vertel my hoe jy dit gedoen het.."

Lushé begin giggel.

"Komaan *handsome*.. Jy dink tog nie ek is so onnossel om net plain weg skuld te erken nie."

"Jy is klaar besig om dit te doen.."

Hy skud sy kop.

Haar agtergrond inligting skets die profiel van iemand met 'n tipiese slagoffer-sindroom. Op byna 'n veertig jarige ouderdom is sy steeds ongetroud, kinderloos. Haar ouers is geskei. Sy het skool klaar gemaak maar nooit uitgeblink op enige terrein nie. Haar voorkoms is allerdaags, vaal. Haar mollige liggaamsbou help nie.. Miertjie sou gesê het sy is 'n *pleaser*. Sy smag na erkenning. Liefde, samesyn. Die desperaatheid drup van haar af. Vandaar haar beroepskeuse. Hoe groter die affêre wat sy kan reël en met sukses uitvoer, hoe groter die satisfaksie, die middelpunt van aandag en beheer.. Hoe meer *likes* op haar *Instagram* en *Facebook blad*, hoe beter vir haar lae selfbeeld."

"Kan mens so uitgehonger wees vir aanvaarding.." sê Cronje. "Magiel Lubbe het jou gebruik, misbruik.."

Sy vererg haar bloediglik.

"Is nie! Ons .. ons het gevoelens vir mekaar. As hy eers uit die tronk is gaan ons verloof raak."

Cronje gee 'n hoonlag.

"O regtig!? En jy vind dit nie vreemd dat hy juis met *jou* kontak gemaak het kort voor die partytjie nie?"

'n Rooi blos verskyn op haar pofwange.

"Is jy regtig bereid om vir hom in die tronk te gaan sit Lushé? Moord op 'n regter.. Jy kyk na lewenslank, sonder parool."

Haar oë rek effens.

"Hy het gesê hy sou seker maak .. ek..kom skotvry van dit af. Solank ek net die plan volg sou dinge.."

"Magiel Lubbe is 'n meester manipuleerder. Ek kan jou belowe hy gee nie 'n duiwel om vir jou nie vroumens!"

Cronje hou haar selfoon na haar uit.

"Toe stuur 'n boodskap. Sê vir hom dinge het skeef geloop. Kom ons kyk hoe ver sy liefde vir jou strek."

Sy steek eers haar hand uit, maar dan aarsel sy en skud haar kop.

"Nee!"

"Hoekom nie?!"

Dit neem haar 'n rukkie voor sy antwoord. Sy bars uit in trane.

"Want, hy het op my staat gemaak en ek het hom gefaal. Hy gaan so teleurgesteld in my wees. Ek.. ek ..ek wil hom nie verloor nie!!"

Vir 'n oomblik kry Cronje haar werklik jammer. Haar tipe het nie 'n kat se kans gestaan teen iemand soos Magiel Lubbe nie. Hy het haar soos 'n spinnekop in sy web van beloftes en mooi praatjies ingetrek en op die einde sou sý die prys betaal. Sy is naïef, 'n blinde romantikus.. Die vraag is net, sou sy dit kon deurvoer.

Hét sy die Regter vermoor?

"Ken jy vir Daniël Short?" vra Cronje nou.

"Nee, wie is dit?" vra sy deur haar snikke deur.

Cronje antwoord haar nie. Hy bly haar doodstil aanstaar tot die realiteit van die situasie haar finaal tref.

Die ironie dat hý nou ook net soos Magiel Lubbe, van haar weerloosheid gebruik gaan maak, is nie verlore op hom nie.

"Ek kan dinge vir jou makliker maak Lushé..." begin hy. "Ek weet waartoe Magiel Lubbe in staat is. Vertel my hoé jy dit gedoen het en ek sal aandring op versagtende omstandighede. Help my om jou uit hierdie gemors te help."

Sy kyk op. 'n Traan rol oor haar pof wang, maar sy maak geen poging om dit af te vee nie. Haar stemtoon 'n valse bravade.

"*Go to hell handsome.* Jy weet duidelik nie wat ware liefde is nie.."

* * *

(*Vrywillige ondervraging: Jenna Taljaard.*)

"Dinge lyk nie goed vir jou nie Jenna. Die na-doodse ondersoek maak melding van merk soortgelyk aan die onderkant en deursnee van jou stok agter op Ren se blad. Dit wil voorkom dat jy die stok gebruik het om hom onder op die bodem vas te druk."

"*How absolutely absurd!*"

"Ek het ook 'n vaderskap-toets ontdek wat Ren aangevra het. Miskien wou hy die geld in die testament aan wie ookal sy kind was bemaak. En miskien het jy nie van die idee gehou nie."

Die vaderskap-toets is duidelik nuus vir haar. Of sy speel net baie goed toneel. Sy slaan 'n hand oor haar mond. Haar oë skiet vol trane.

"*Ren.. had another child?*"

"Jy sit heel bo op my verdagte-lys Jenna..."

"*But that is exactly why I told you about the will and our*

108

argument detective..I knew if it had to come to light. But I honestly didn't know about the DNA test. Who is the child?"

"Hoe het die merk op Ren se rug beland Jenna?"

Sy haal haar skouers op. Maar daar flits 'n bekommernis oor haar gesig.

"Wie het jou gehelp Jenna? Ten spyte van die feit dat die bewyse op jou dui kan ek my nie indink dat jy dit alleen sou kon doen nie."

"Why, because I am blind?!"

"Presies."

Die weduwee skud haar kop.

"I am more aware of my surroundings than any of you! I know exactly who is where, doing what detective. Do not belittle me because of my disability."

"Nou goed, in daardie geval kan jy vir my sê hoekom Jean en Ren die laaste tyd haaks was met mekaar?"

"I don't know what you are talking about? The two of them argued no more than usual. It was more Jean and Ulke that were at each other's throats. That daughter in law of mine.. She is quite unique and I love her. But Jean has always been too compulsive and loose headed. She should have waited before marrying him.. But she fell head over heels for my handsome boy.."

"Het jy vir Lushé Marx gekontak, of het sy jou genader oor die partytjie?"

"She was recommended by someone. Why?"

"Deur wie?"

Die weduwee maak 'n hand gebaar asof die vraag van geen belang het tot hul gesprek nie.

"I can't remember. It might have been .. Karin or Ulke. I don't know."

"Wie het die sekuriteitswag die aand afgegee?"

Sy sug, herhaal dieselfde handgebaar.

"The gate guard? What relevance has this to anything? I have no idea."

Cronje is gereed met 'n volgende vraag maar meteens sit Jenna regop.

"Hang on... My stick. While introducing Lushé I placed it against the wall, but when I reached for it again afterwards it wasn't there."

"En..waar het jy dit weer gevind?"

"Someone reached for my hand and handed it back to me."

"Wie?"

"I don't know. He had big hands."

"Wanneer?"

"I can't say for certain.."

"Voor of na die ligte afgeskakel was?"

Sy maak 'n snorkgeluid.

"In my world the lights are always switched off, detective.. But if memory serves me correctly it was shortly after Lushé's speech.."

Cronje kan nie besluit of sy lieg of nie. Die leë blik in haar oë verklap niks.

"Wanneer het julle die versteekte kameras laat installeer?"

Dit is so goed of iemand het Jenna Taljaard met 'n veertjie omgetik.

"..What cameras?"

"Soos die een in die binnehuise swembad.."

'n Diep frons vorm tussen Jenna Taljaard se wenkbroue.

"I refuse to answer any more of your questions. I want to speak to my lawyer now please."

* * *

(Vrywillige ondervraging: Ulke Taljaard.)

"Dit wil voorkom asof jou skoonpa en Karin 'n besonderse goeie verhouding gehad het."

"Hulle het. Dit was nogal interressant.. En vreemd met tye."

"En jou verhouding met jou skoonma?"

"Ek dink sy sou 'n ander vrou vir Jean verkies het. Vreemd soos dit klink dink ek sy voel ek verdien beter."

"Wanneer is die versteekte kameras geinstalleer?"

Sy trek haar neus op 'n frommel terwyl sy dink.

"Seker so drie en 'n half maande gelede?"

"Wie se voorstel was dit?"

"My skoonpa s'n."

"Jou skoonma het nie van die kameras geweet nie."

"O, okay?"

"Vind jy dit nie vreemd nie?"

"Glad nie. Dit was nie eintlik iets wat enige inbreek op haar lewe sou maak nie. As jy verstaan wat ek bedoel? As hy byvoorbeeld iets fisies in die huis verander of geskuif het sou hy haar in die saak geken het."

"Hoekom het hy dit laat installeer?"

Sy haal haar skouers op.

"Ek glo nie daar was 'n spesifieke rede nie... 'n Mens doen maar seker wat jy kan om jou woning en mense te beveilig."

"Blykbaar was daar 'n argument tussen jou skoonouers vanaand gewees. Wat weet jy daarvan?"

"Niks."

"Jy en Jean het gedurende die partytjie saam by die gang af verdwyn. Ek het jul dop gehou."

Sy glimlag verleë. Bloos effens.

"Ons is 'n jong getroude paartjie speurder Cronje, wat meer kan ek sê..."

"Vroeër toe Jean kapsie gemaak het teen die ondervragings het jy gesê hy speel met vuur. Wat het jy daarby bedoel?"

Sy byt haar onderlip vas.

"Jy moes sagter gepraat het Ulke."

Cronje kan sien hoe sy haar woorde opweeg. Sy begin met versigtigheid verduidelik.

"Goed.... Ren was besig om... hofuitsprake te swaai, ten gunste van die party wat bereid was om die meeste daarvoor te betaal. Jean het daarvan uitgevind. Hy het sy pa gekonfronteer maar Ren het hom af gelag. Jean het gedreig om owerhede toe te gaan, maar ek het hom aangeraai om dit nie te doen nie. Die omvang daarvan was nie die risiko werd nie."

"Verduidelik."

"Stel jou voor speurder Cronje. .. my skoonpa sit al amper drie dekades op die bank. Wat van al daardie vorige uitsprake. Watter van dit was wettig, of nie? As dit aan die lig kom sou dit letterlik honderde as dit nie duisende mense se lewens omvergooi.. En jý is een van hulle. Stel jou voor van die kriminele wat jy weg gesit het word meteens vry gelaat as gevolg van hom. Gegewe, Ren was besig om die regstelsel te besmet, en hy moes gekeer word, maar om dit sommer so openbaar te maak sou verrykende gevolge gehad het. Jean wou die ondervraging vermy omdat hy nie die geheim op die lappe wou bring nie. Hy was bang sy kennis hieroor plaas hom onder die vergrootglas."

"So wat? Julle was net van plan om daaroor stil te bly?"

Sy kyk pleitend na Cronje.

"Nee glad nie. Ons het net gevoel nou met Ren se dood, het die probleem homself tydelik opgelos. Hoe aaklig dit ookal mag klink. Verstaan asseblief, as dit aan die lig moet kom, Jenna, sy verdien nie om...."

"Wie het almal van sy omkopery geweet?"

"Sover my kennis strek, net ek, Jean en natuurlik almal wat sy konkelwerk betrokke is."

"En hoe presies het Jean uitgevind van sy pa se onderduimsheid?"

Sy aarsel 'n oomblik.

"Dit was nie Ren wat die versteekte kameras laat installeer het nie, speurder Cronje. Dit was Jean. Hy het gedink as hy genoegsame bewyse kon kry, kon hy.."

"Sy eie pa afpers?"

"Nie afpers nie. Stop! Keer! Watter ander keuse was daar speurder Cronje? Jean wou Jenna die vernedering spaar, ons wou ons self beskerm, selfs op 'n manier Ren van homself probeer red. Sy eie speletjie omdraai, hom teen homself beskerm."

"En wat van die vaderskap-toets en verandering aan die testament?"

"Ekskuus?"

"Dra jy geen kennis daarvan nie?"

"Ek glo dit nie! Nee ek weet niks daarvan nie! Wie, wie is die persoon, die kind. Wag, weet Jenna, Jean?"

Cronje beantwoord haar vrae met een van sy eie.

"Hoekom jouself soos meneer Roux vermom vir vanaand?"

Sy frons verward.

"Nie ek, Jean of Karin was enigsins van plan om enige vermomming aan te trek nie. Maar toe kom druk Lushé kostuums en maskers onder ons neuse en dring daarop aan dat ons almal saam speel."

Sy laat haar blik oor die uitrusting gly. Begin dan ingedagte aan die geskeurde stukkie materiaal aan die bobeen van die broek torring. Trane loop nou by haar wange af.

"Wat 'n nagmerrie.."

***

(Vrywillige ondervraging: Jean Taljaard.)

"Jou vrou het my alles vertel meneer Taljaard."

Vrees flits oor sy gesig.

"Ek.. ek verstaan nie?"

"Jy het die versteekte kameras laat installeer want jy wou jou pa afpers."

Hy lig 'n wysvinger.

"Nee! Nee! Dit is glad nie wat ek wou doen nie. En dit is verseker ook nie wat Ulke gesê het nie. Jy probeer verniet 'n wig tussen ons indryf. Ek kon nie my pa sonder enige ammunisie aanvat nie speurder Cronje. Ek moes bewyse kry. Hom dreig met *iets* sodat hy kon ophou geld onder die tafel neem."

"Maar toe hou Ren nie van jou dreigemente nie en hy besluit om jou te onteien né?"

"Wat?! Waarvan praat jy?"

"Dit het jou seker baie ontstel. Ek neem aan jy wou hom nie regtig dood maak nie, net rede laat sien. Hom tot insig bring.. Is ek reg?"

Jean is uit sy stoel.

"NEE! Ek het nie my pa vermoor nie! En hy was nie van plan om my te onteien nie. Waar kom jy daaraan?"

"Met ander woorde jy weet niks van die vaderskap toets wat hy laat doen het nie?"

"'n Vaderskap toets?! Nee! Hoekom? Wie? Wag, was dit die vel papier wat jy in die boek in die sitkamer gekry het?"

"Ja, dit wil voorkom asof jou pa besluit het dat iemand anders meer geskik is om sy rykdom en nalatenskap te erf."

Jean frons. Hy sak weer terug in die stoel neer.

"Maar my pa het my ma aanbid. Hy sou haar nooit verneuk het nie. Nooit! Hy het altyd gesê 'n man moet sy vrou op sy hande dra. Haar eerbiedig. Sy is jou kroon."

"Wel dit is dieselfde man wat 'n eed af gelê het om reg en geregtigheid te laat geskied en steeds sy sakke volgestop het."

Jean gee Cronje 'n baie vuil kyk.

"Hy was dalk korrup maar hy was steeds mý pa..en my pa was lief vir my ma. Punt!"

"Hmm. Goed. Verduidelik hoe jy van jou pa se dinge uitgevind het. Presies waar en wanneer."

Jean staar voor hom uit, sy gesig strak terwyl hy in sy gedagtes op sy eie spore terug loop.

"Seker om en by vier of vyf maande gelede. Dit was laat een aand. Ek het besluit om self 'n paar lengtes te probeer swem. Terwyl ek in die aantrek-kamer was het my pa ingekom. Hy was op sy selfoon. Hy het nie van my agter die toe deur geweet nie. Ek het gehoor hoe hy met iemand praat. Die plan uitlê oor die verdwyning van belangrike bewysstukke aangaande 'n saak wat my pa op daardie stadium aangehoor het. Ek wou nie gehad het hy moes van my weet nie. Toe klouter ek by die venster van die aantrekkamer uit. Ek het eers gedink ek het my misgis, miskien verkeerd gehoor. Maar met tyd het my oë en ore oop gegaan. Ek het uiteindelik die moed gekry om hom daaroor te konfronteer.. En die res van die storie ken jy.."

Cronje frons.

"Maar... ek dag jy kan nie swem nie? Vroeër toe jy agter jou pa ingeduik het, moes ek jou red."

Jean Taljaard maak sy mond oop en dan weer toe.

"Dis nie iets wat ek wil hê mense moet weet nie, ek probeer myself leer.. In elk geval hoe goed ek kan swem of nie, is nie hier ter sprake nie." sê hy uiteindelik. "Wat wel van belang is, is die persoon waarmee ek hom daardie aand hoor gesels het."

"Ek luister."

"...Dit was jou bevelvoerder."

"Kaptein Griesel?"

Cronje weet die verbasing wys op sy gesig.

"Ek glo dit nie meneer Taljaard. Dit is 'n baie ernstige aantuiging wat jy nou maak. Is jy seker van jou saak?"

Jean knik. Hy sukkel nou om sy hartseer en teleurstelling weg te steek.

"My pa het soveel goeie mense se lewens deur sy optrede vergiftig. Jou bevelvoerder was maar net nog een van sy slagoffers."

19.

Cronje staan met sy rug na Roux. Hy kyk op na die sterre hemel bokant hom.

Dinge lyk so rustig en vreedsaam daarbo.

Teenstrydig met die geharwar in hierdie woning. En die warboel van gedagtes binne hom.

Regter Taljaard was korrup. Hy kan nie sê hy was geskok oor die nuus nie.

Maar sy eie bevelvoerder, die moontlikheid van Griesel se betrokkenheid het hom geweldig geskok, of hy dit nou wou erken of nie.

Hy besluit om vir eers niks daarvan aan Roux te noem nie. Hy sal self eers die hele ding deurdink. Hy was in elk geval nie seker of hy Jean Taljaard kon glo nie. Byvoorbeeld met verwysing na sy swemmery.

Die man is 'n leuenaar. En 'n goeie een daarby.

Hy skud sy kop. Kyk af na die onpaar sokkies aan sy voete.

Dit was asof die vanaand se gebeure hulself herhaal maar dié keer net met Griesel aan die voorpunt van Cronje se bekommernis.

Hy kon nie die inligting wat Jean met hom gedeel het net ignoreer nie. Hy sou moet uitvind of dit waar is of nie. As dit waar is, sou dit astronomiese gevolge hê.

Hy sug.

Meteens het hy verstaan wat Ulke bedoel het toe sy verwys het na die omvang van Ren se dade. Net so sou elke liewe ondersoek wat deur Griesel afgeteken was, weer her-open moes word. Her-ondersoek moet word. Hoeveel derduisende dossiere was dit nie?!

Roux onderbreek sy gedagtegang.

"Nee hierdie ondersoek het meer kinkels en kabels as 'n *Agatha Christie* storie.."

Cronje draai terug na die jong AFP.

'n Onverwagse gevoel van heimwee oorrompel hom meteens.

Hy sal veel eerder nou met 'n beker koffie op sy eie stoep staan en na die sterre kyk. Die see se gedruis in sy ore hoor.

En die geluide van sy eie huis. Miertjie wat binnekant rond beweeg. Met die skotteltjie waswater dié tyd van die aand af stap ondertoe om die water op haar petunias uit te gooi.

Sy toekoms gaan na hierdie ondersoek anders lyk.

Hy kon nie sê hoe nie, maar dit was net iets wat hy geweet het. Hy het die verandering reeds in sy binneste begin voel gebeur.

".. Hierdie ondersoek is 'n gemorsspil Roux. Die tydlyn maak nie sin nie. Jy is seker jy het niemand in die gang raak geloop nie?"

"Seker. Net voor die ligte dood gegaan het, het ek hom in die swembad gekry."

"En die stemme waarvan jy melding gemaak het teenoor Visagie?"

"Ek.. ek het dit op gemaak, jammer.."

Cronje loop tot by die muurtjie en gaan sit. Roux doen dieselfde. Hulle kyk terug in die rigting van die woning waar al die verdagtes nog in aparte vertrekke wag.

"Was jy in die aantrek-kamer gewees?"

Roux skud sy kop.

"Nee. Net kort na die verdrinking vinnig ingeloer, hoekom?"

"Daar is twee klein venstertjies. Die een was nie op knip nie.. En die deur het half oop gestaan. Presies soos beide die huishulp, Karin en Short bevestig het. Ek begin dink dit is hoe moordenaar toegang tot die vertrek gekry het.."

"Die Karee.."

"Ekskuus?"

"Niks, ek wil eers seker maak van my saak. Wie is bo aan jou lys? Lushé?" vra Roux.

"Ek weet nie. As my tydsberekening reg is, was sy omtrent rondom die tyd van die verdrinking besig met haar toespraak, en bygesê, weet ek nie of sy daartoe in staat is nie. Sy het wél verseker êrens 'n groot emosionele kraak weg, maar moord..?"

"Short dan?"

Cronje skud sy kop.

"Hy hou van kat en muis speel. Maar hy sal nie die eer aan iemand anders gee as hý dit gedoen het en ons hom gevang het nie. Daarvoor is hy té arrogant. En ek twyfel of hy deur die venster sou pas."

"Miskien is hy by in die gang verby sonder dat ek hom gesien het.."

"Dit is hoogs onwaarskynlik Righard. Ek wens net ons kan die verdekselse testament opspoor. Gelukkig is die hofbevel reeds afgelewer by die DNA laboratorium wat die vaderskap toets behartig het. Ons behoort die identiteit van getoetste individu binnekort te weet. Daarna sal ons dalk meer klaarheid hê of Ren se moord as gevolg van persoonlike redes of die hofsake was. Hopelik het ons iets om aan Griesel terug te voer teen die tyd wat hy opdaag. Wat seker ook nie meer te lank gaan wees nie."

Cronje sien hoe Roux na die twee verskillende gekleurde sokkies wat onder sy broekspype uitsteek staar.

Roux ken die geheim daaragter, die rede hoekom hy dit so dra.

Dít was hoeveel vertroue Cronje in hul vriendskap, in Roux spesifiek geplaas het.

En toe neuk hy vanaand alles op.

Roux beduie na sy sokkies.

"So dit was regter Taljaard wat destyds jou saak verhoor het?"

Cronje knik.

"Jip. En ons kon daarna nooit weer om dieselfde vuur sit nie...Ek moet erken, ek kan nie verby die ironie kom nie. Na alles is ek vanaand die een wat sy moordenaar moet vang."

Roux frons.

"Weet jy dat hy nooit regtig 'n skewe woord vir my gesê het nie. Hy het weliswaar met tye ongeduldig voorgekom. Maar hy het my ook uitgevra oor my kinderjare, my familie, oor wérk en oor jou. Dit het gevoel asof hy regtig in mý as persoon belang gestel het. Ek besef nou dit was omdat hy my aan 'n lyntjie probeer hou het en dit het gewerk. As ek vroeër my mond oopgemaak het, na Griesel toe gegaan het oor Hendrik en die Joubert-saak.. Of jou vertel het.."

"Moenie jouself blameer nie Righard. Hy was 'n man van vele gesigte en verskuilde motiewe. Net soos almal in daardie huis."

Roux stoot homself ewe skielik haastig van die muurtjie af.

"Wag 'n bietjie *verskuilde motiewe..!* Al drie, Joubert, Lubbe en Daniël Short sê dieselfde ding. Die regter was aanvanklik gretig om hulle te help om die uitsprake te verknoei, maar na elk se betaling het hy van plan verander.."

"Ja en wat daarvan?"

"En aan mý het hy gesê hy het meer tyd nodig. Hy het daarop aangedring dat die lokval waaraan ek gewerk het 'n waterdigte plan moet wees. En hy wou ten alle koste sy betrokkenheid en naam daar uit hou.. Dit is die antwoord! 'n Verskuilde motief Konstantyn!"

"Ek volg nie?" sê Cronje wat aan Righard se skielike opgewondeneid kan sien dié vermoed hy het sopas 'n deurbraak in die ondersoek gemaak.

"Waar is die regter se selfoon?"

"In 'n bewysstuk-sak saam met sy broek in die studeerkamer. Hoekom?"

Roux begin in die rigting van die huis draf.

"Laat ek dit net gaan haal, dan wys ek jou. Ek is nou terug." roep Roux opgewonde terug oor sy skouer.

Cronje wat nou verward wonder wat dit is wat hý mis gekyk het besluit om agter Roux aan te loop. Maar 'n paar tree verder lui Lushé se selfoon in sy broeksak.

Hy herken die polisiestasie se nommer. Antwoord. "Cronje."

"Speurder Cronje. Dit is konstabel Wyngard. Jammer ek kom nou eers terug met die inligting aangaande DNA toets. Dit is net, ek het eers gedink hulle het 'n fout gemaak, daarom het ek dieselfde inligting weer aangevra, net om seker te maak. Maar.. Dit maak steeds nie sin nie.."

Cronje rol sy oë.

Wyngard was die stasie se grootste gatkruiper.

"Kom ons laat die speurwerk aan my oor Wyngard. Toe, ek het nie die hele aand tyd nie! Die naam en van van die individu.."

Daar is 'n oomblik van doodse stilte aan die anderkant van die lyn. Wanneer Wyngard uiteindelik praat, kan Cronje die onsekerheid in sy stemtoon hoor.

"Righard Roux.. speurder Cronje. Volgens die uitslag was regter Taljaard, Roux se biologiese pa."

20.

Cronje is nie seker hoe lank hy al op die muurtjie sit nie.

Hy bly in die rigting van die huis staar, na die deur waarin Roux verdwyn het.

Hy weet nie wat om van die nuwe inligting te maak nie. En al die vrae wat by hom opkom aangaande hierdié nuwe leidraad het Roux weereens onder verdenking geplaas.

"VERDOMP! KAN IETS NET IN PLEK VAL EN BEGIN SIN MAAK!" bulder hy uit frustrasie op na die maan.

En dan hoor hy die slag.

Die onmiskenbare geluid van 'n skoot wat afgevuur is.

Hy voel instinktief na sy holster. Sy dienswapen was in die sak met sy ander klere. Nutteloos nadat dit in die swembad beland het. Hierdie was sy persoonlike gelisensieerde pistool.

Hy hardloop in die huis in, vind Roux in 'n bloedbad op die vloer in die voorportaal lê.

'n Paar tree verder lê 'n vuurwapen op die vloer.

Daar is niemand anders in sig nie.

Die koeël is 'n paar millimeter onder Roux se ribbekas deur.

Dis 'n gapende wond, en hy is besig om vinnig en baie te bloei.

"ROUX!? WAT HET GEBEUR.. RIGHARDT!?!"

Enkele oomblikke later verskyn al die verdagtes ook in die voorportaal. Almal het die skoot gehoor en kom ondersoek instel.

Alhoewel Cronje gefokus is op Roux neem sy onderbewuste nogtans elkeen se individuele reaksie in. Een van hulle het sy vriend vir dood gelos!

Jean en Ulke gryp geskok na mekaar.

Lushé se blik beweeg onmiddellik na die wapen op die vloer, terwyl Karin wasbleek staan en bewe.

"Who fired a gun. Jean!? Are you ok?" Ulke? What is going on!?" roep 'n angsbevange Jenna Taljaard nadat sy laaste haar verskyning maak.

Langs Cronje op die vloer, maak Roux 'n stik geluid. Die poel bloedrooi vloeistof onder hom kring vinnig wyer uit.

Roux gryp na Cronje se skouer, trek hom nader om iets in sy oor sê. Maar sy woorde word uitgedoof deur die histeriese geroep van die weduwee.

"Somebody bloody answer me! NOW!"

"Iemand het meneer Roux geskiet ma.." roep Ulke histeries en strek 'n hand uit na haar skoonma.

"Who? why?!"

Roux maak 'n tweede poging om die klank oor sy lippe te kry, maar dié keer is dit Cronje self wat hom stil maak.

"BEL VIR 'N AMBULANS!" roep hy en druk altwee sy hande op die wond om die bloeding te probeer keer.

Dit veroorsaak 'n nare slosh geluid en laat Roux terselfdetyd skreeu van die pyn.

Almal staan en toekyk.

Niemand beweeg nie.

"IEMAND! BEL! NOU!" bulder Cronje weer.

'n Taai bloedrooi gemors peul tussen sy vingers deur. Roux se hele liggaam ruk onwillekeurig. Die gevolg van skok, adrenalien..

"Byt vas.. Asseblief... byt net vas." smeek Cronje saggies.

Daniël Short lyk of hy eerste tot verhaal kom maar in plaas van tot hulp wees, beweeg hy na die uitgang.

"Waarna toe dink jy gaan jy?" bulder Cronje.

"Huis toe. Hier is regtig *niks* wat my verder hier hou nie. Maar moenie opstaan en groet nie. Ek verstaan...Ek kan sien jy het jou hande vol op die oomblik." koggel hy, tik dan met twee vingers teen sy voorkop en mik vir die deur.

"JY GAAN HOM SEKER NIE NET LAAT WEGLOOP NIE!? HY IS DAN 'N VERDAGTE?!" roep Jean.

Cronje kyk af na sy vriend.

Knyp sy oë 'n oomblik styf toe.

Hy voel vasgevang in 'n aaklige nagmerrie en hy wil wakker word. Nou dadelik.

Hy tree noodgedwonge weg van Roux.

Beweeg soos blits.

Hardloop Daniël Short in nog voor hy die drempel kan maak.

Duik hom grond toe. Kry sy hande agter sy rug en slaan sy boeie om hom.

Hy wend geen verdere poging aan om die man op sy rug te draai of van die vloer af op te help nie.

Hy haal wél eers Lushé se selfoon uit sy broeksak.

Skakel self die noodnommer.

Beveel onmiddelike mediese hulp en benadruk wie die pasiënt is.

Hy gaan kniel weer langs Roux.

Gooi die selfoon langs hom neer.

Toe hy weer sy bewende hande op die wond druk, gryp Roux onwillekeurig na sy arms.

Dit is 'n desperate greep, asof deur aan Cronje vas te hou, hy sy eie oorlewing kan bewerkstellig.

Cronje forseer 'n glimlag.

"Hulp is oppad."

'n Roggel geluid ontsnap uit Roux se keel.

Uit die hoek van sy oog sien Cronje, Ulke nou langs hom kniel.

Lushé beweeg terselfdetyd erens agter haar.

Ulke is wasbleek in haar gesig.

"Wat.. wat moet ek doen?" vra sy met trane wat oor haar gesig stroom.

"Handdoeke, 'n kombers en..." begin Cronje verduidelik maar hy sien hoe Ulke in plaas van na hom luister, nou haar hande na haar gesig toe draai en staar.

Sy het in Roux se bloed gekniel..

Haar eie palms nou skarlaken-rooi.

Sy verstar.

"ULKE! KYK NA MY. EK HET IETS NODIG OM DIE BLOEDING TE PROBEER KEER.EK HET HULP NODIG! ASSEBLIEF!"

Sy reageer uiteindelik, maar met 'n geskokte traagheid.

"O nee *girl!* JY BLY NET WAAR JY IS!" sê Lushé met die wapen wat sy opgeraap het, nou op Ulke gerig.

"Gee my net my selfoon aan. Toe maak gou."

"Wat.. wat maak jy Lushé, jy gaan verantwoordelik wees vir die man se dood?!" roep Jean verward uit.

Lushé gee 'n hoonlag.

"Presies! Toe gee my selfoon."

Ulke kyk onseker na Cronje.

Hy knik en Ulke doen soos wat sy vra.

Tot almal se afgryse neem Lushé 'n foto van die bloeiende Roux met Cronje aan sy sy.

"Vir Magiel." sê sy as verduideliking in Cronje se rigting en knipoog. "Twee vlieë met een klap, net soos my *babes* gevra het."

"JY IS SIEK IN JOU KOP LUSHé!" skel Karin geskok.

Cronje weet nie waar hy die self beheersing vandaan kry nie. Hy swaai om, rig sy wapen en slaag daarin om nie 'n koeël tussen die onstabiele en gewetenlose party organiseerder se oë te plant nie.

"DIE WAPEN. EN FOON. NOU."

Toe Lushé nie vinnig genoeg na sy mening reageer nie, mik hy en trek 'n skoot duskant haar af.

Dit is al oortuiging wat sy nodig het.

Sy gooi die wapen oor die vloer tot naby waar Ulke weer gekniel sit.

Intussen vind Jenna haar pad tot by Roux. Sy val byna oor hom, sak af tot op haar knieë. Steek haar hande uit. Vat-voel hier en daar tot sy Roux se hand in haar eie neem.

Die jong AFP se gelaat het van sy normale bleek na 'n amper grys verander.

Sy asemhaling wissel tussen versnelling en skaars daar.

Hy probeer sy oë oophou, maar verloor telkens sy bewussyn.

"You just hang in there mister Roux, it is going to be ok."

Die blinde oë kyk op na waar sy dink Cronje is.

"He is shivering.. He is in shock.." fluister sy bekommerd voor sy weer oor Roux se hand vryf.

Ulke kyk na die wapen wat voor haar te lande gekom het.

Haar blik beweeg na haar man wat aan die oorkant van die vertrek staan.

Die spyt wat hy voel op sy gesig te lees..

"Dinge moes nooit so ver gegaan het nie.." sê hy skaars hoorbaar.

Cronje was nog nooit so dankbaar oor Visagie se nalatigheid as in die daaropvolgende oomblikke nie .

Die rooi-kop speurder het nooit die vangwa wat hy vir Roux aangevra het gekanseleer nie.

Buitekant die huis gewaar Cronje nou die blou ligte van die aankomende voertuig flits.

Hy hoor die vangwa stop. Hoe die deur wat oop en toe gemaak word .

"KONSTABEL. HIER BINNE. MAAK GOU!!"

'n Jong fris man verskyn in die deur.

Cronje herken hom dadelik. Hy was voorheen 'n sekuriteitswag op *Groot Geheim*. Maar na sy dapper optrede destyds het Griesel hom 'n pos aangebied. Frank Thabalala het die geleentheid met albei hande aangegryp. Sy kursus en eksamen met lof geslaag en elke dag daarna met trots sy uniform gedra. Hy het altyd 'n ekstra groot glimlag vir Cronje gereed gehad en weens sy swaar Xhosa aksent verkies om Roux as *"RR"* aan te spreek.

Konstabel Thabalala steek eers vas toe hy Cronje op die vloer sien sit. Sy hand beweeg instinktief na sy holster. Maar toe hy besef wie langs Cronje op die vloer lê, vergeet hy van sy wapen en roep geskok na Roux uit.

Dit is nie die eerste keer wat hy die AFP in 'n beseerde toestand gekry het nie. Maar anders as op *Groot Geheim* destyds, het konstabel Thabalala nie na die eerste oogopslag hardop begin bid nie.

"Die handoekke in die aantrek-kamer Karin. *Go get it NOW!*" beveel Jenna.

"Nee wag, ek sal gaan." kondig Ulke aan.

Wat na 'n ewigheid vir Cronje voel kom sy terug gehardloop met 'n stapel handdoeke tussen haar hande.

Frank Thabalala gryp dit by haar en in die proses val 'n vel papier tussen die handdoeke uit en beland langs Cronje op die vloer.

Erens tussen Roux se pyn krete en sy eie prewelgebede val sy oog op die bloed bevlekte bewoording op die papier..

Dit is die vermiste testament.

"WAT DE? CRONJE?!" roep Griesel agter hulle.

Cronje kyk om. Sien die verwarring op sy bevelvoerder se gesig. Hy kyk verward rond.

Maar daar is nie nou tyd vir verduidelik nie.

Instede maak hy en Thabalala weer oogkontak.

'n Druppel sweet loop al langs die konstabel se voorkop tussen sy oë en drup by sy neus af. Cronje wil nie die waarheid in Thabalala se oë lees nie.

"The ambulance?"

"Is oppad."

Die konstabel skud sy kop. Klik met sy tong. Fluister iets in Xhosa.

Cronje voel weer na die ligte polsslag aan Roux se gewrig.

Sy vriend maak 'n kreungeluid, ruk weer onbeheers en raak dan met eens doodstil.

"ROUX!?... KOMAAN VERDOMP! ROUX! ASSEBLIEF!"

"COME ON RR, JUST HANG IN A LITTLE LONGER MY FRIEND!"

Griesel kom kniel langs Thabalala, en kyk na wond. Met beheersde kalmte assesseer hy die situasie. Die enigste spanning wat wys, die manier wat hy sy onderlip vasbyt.

"Hy verloor te veel bloed. Hier, gee nog handdoeke! Draai jy hom op sy sy dan skuif ek dit onder hom in Konstantyn."

Die driemanskap swoeg verwoed om hul vriend en kollega te red. Hý lê dood stil.

'n Sombere stilte sak in die voorportaal neer.

Al die vrouens huil.

Jenna sit met Roux se hand in hare gevou en wieg heen en weer.

Lushé het intussen op die vloer neergesak. Die werklikheid van die naderende dood, ten spyte van haar versteurde uitkyk op die lewe, selfs ook vir haar te veel.

Karin bly kop onderstebo staan en snik. Ulke ook.

Cronje gee geen een van hul 'n oomblik se aandag nie.

Hy bly drukking op die wond toe pas, soek tussendeur na tekens van 'n polsslag.

Frank Thabalala is die een wat naderhand terug sit op sy hurke. Sy oë toe geknyp. Wat sy kop hartseer skud.

Dit is asof sy optrede ook die waarheid tot Griesel laat deurdring. Sy fokus skuif tydelik vanaf Roux na die ingang.

Sonder mediese hulp binne die volgende minuut of twee was al hulp pogings nutteloos.

"WAT DOEN JULLE?! HELP MY!" snou Cronje hulle toe. Dan begin hy pleit. "DAMMIT ROUX! NIE SO NIE! NIE VANAAND NIE. ONS MOET NOG HIERDIE DING UITSORTEER. KOMAAN ROUX!"

Dan daag die medici uiteindelik op, hulle begin werk met 'n geoefende ritme.

Haastig maar deeglik.

Cronje probeer aan hul houding iets lees oor Roux se toestand, maar niemand laat iets blyk nie. Hy wil vra, maar is te bang vir die antwoord.

Skaars 2 minute na hul aankoms stoot hul Roux op 'n trollie by die woning uit.

Cronje wil met alle geweld saam, maar Griesel keer hom voor. Praat sag maar met gesag.

"Jy gaan net in die pad wees Cronje. Hulle weet wat hulle doen. En hiér is nog 'n ondersoek wat afgehandel moet word."

Cronje voel iets oor sy wang loop. Besef dit is 'n traan.

Hy vee dit vinnig weg, los in die plek daarvan 'n bloed smeersel.

Die vrees in Cronje se oë laat Griesel vinnig weg kyk.

Hy offer die enigste trooswoorde tot waartoe hy self in staat is.

"Ek weet Konstantyn... ek weet."

"Whom of you bastards shot him? WHO SHOT MY FRIEND?!" bulder Frank Thabalala meteens woedend. Hy lyk asof hy almal tegelyk te lyf wil gaan.

Sy hand beweeg na die wapen in sy holster.

Sy oë is nat en wild.

Almal is tjoepstil.

Geskok. Bang vir wat die konstabel volgende gaan doen.

"Bedaar Frank!" waarsku Griesel en beduie die konstabel eenkant toe om sodoende eers weer beheer oor sy emosies te kry.

Dan tree die huishulp na vore.

Sy kyk nie op nie.

Haar hele lyf ruk.

Sy hou haar hande voor haar uit.

"Dit... was 'n.. ongeluk."

'n Skulderkenning in 'n fluisterstem.

Cronje gaan staan voor Karin. Wag tot sy hom in die oë kyk voor hy sy vraag aan haar stel.

"Het jy geweet van Roux?"

Sy gee hom 'n kyk vol verwarring.

"Is dit hoekom jy my vriend geskiet het?!"

"Ek..ek verstaan nie jou vraag nie speurder Cronje?!"

Hy lig sy bebloede hande tot byna in haar gesig. Dwing haar om daarna te kyk. Sy deins weg.

"Ek gaan die res van jou lewe HEL maak!"

"CRONJE!" beveel Griesel onder wyl hy self die stel boeie om die huishulp se gewrigte slaan.

Hy wink die konstabel nader. "Gaan laai haar in die vangwa Frank. En reël vir die res. Elk in sy eie wa. Jy bly hier tot forensies opdaag. Niemand praat verder 'n woord met mekaar nie. Selfde by die polisie-stasie. Ek soek elkeen in sy eie ondervragingskamer gehoor!"

Hy stap tot voor die weduwee.

"I am so sorry for your loss Jenna and I am sorry to have to put you through all of this. I will make sure someone stays with you and explains everything every step of the way ok?"

As bevestiging steek die weduwee haar hand na Griesel uit. Hy neem dit, smeer in die proses van Roux se bloed aan haar af.

"Kom Cronje, jy ry saam met my terug. Dit is tyd dat ek en jy praat."

21.

Cronje bly oor sy eie hande vee, al is sy hande nou gewas en skoon, verbeel hy hom hy kan Roux se bloed nog daaraan voel en ruik.

Griesel het nog nie 'n woord gesê nie. Getrou aan sy beheersde geaardheid, wag hy vir Cronje om eerste die stand van sake aan hom te rapporteer.

"Hulle almal het die mes in gehad vir Ren. Die hele spul! Nie dat hy enigsins onskuldig was nie. Maar dit weet jy mos. Aangesien selfs jý deel was van die helse korrupte vrot komplot."

Daar vorm 'n effense frons tussen die bevelvoerder se wenkbroue.

"Jy sal my aanspreek as *kaptein*, dankie. En waarvan is ek kwansuis deel?"

Vir 'n oomblik is Cronje spyt oor sy uitlating, want is Griesel wél korrup, het hy sopas sy eie doodsvonnis geteken. Maar dan kom die beeld van Roux, bloeiend op die vloer weer by hom op en die spyt maak plek vir woede en wraaksug. Hierdie is sy bevelvoerder se skuld, syne en Ren Taljaard s'n!

"Ek weet van die omkopery *kaptein*." Hy spoeg die rang uit asof dit hom naar maak.

Griesel se frons verdiep. Maar hy vra nie uit nie. Hy bly Cronje aandagtig aanstaar.

Cronje bal sy vuiste.

"So gaan jy nou net daar sit met 'n bek vol tande!?"

Sy bevelvoerder byt sy onderlip vas, lig homself uit sy stoel en sluit die laai kabinet agter hom oop.

Hy haal 'n lêer uit.

Neem weer sy plek in.

Slaan die leêr oop en skuif dit onder Cronje se neus in.

"Ek neem aan jy verwys hiérna?" vra hy kalm.

Cronje laat sy blik oor die papierwerk voor hom gly.

... Aaneenlopende ondersoek na omkopery.

.. aantal regsgeleerdes betrokke...

Klandestiene operasie..   *Betrokke partye..*

Ter wille van persoonlike veiligheid

Identiteite beskerm...

"Al wat dit bewys is jy het geweet van Ren se onderduimsheid en jy was besig om 'n saak te bou. Maar dit maak jou nie onskuldig nie Griesel!. Inteendeel! Ek het 'n getuie wat sal bevestig dat daar 'n telefoongesprek tussen jou en Ren was aangaande die uitspraak van 'n spesifieke hofsaak."

Kaptein Griesel slaan die leêr toe. Neem sy tyd om weer deur dieselfde bewegings te gaan. Opstaan.

Laai ooptrek.

Leêr bêre.

Sluit die kabinet.

Hang die sleutel om sy nek.

Gaan Sit.

"Ren was deel van die klandestiene ondersoek Konstantyn. Net vier van ons is, of ek moet sê was betrokke. Onthou jy die motorongeluk waarin regter Thabato twee maande gelede omgekom het?"

Cronje knik. Hy onthou.

Dit was 'n lelike storie. Die regter het op die Clarence pad beheer oor sy voertuig verloor en is oor die afgrond naby

Kogelberg. 'n Eerbare man, liefdevolle vader van drie en gelief in sy gemeenskap.

"Hý was een van die viermanskap. En sy dood was nie 'n ongeluk nie. Nou is dit net ek en Generaal Arendse van die Anti-korrupsie eenheid wat oor is."

Hy skuif die telefoon wat op die hoek van sy lessenaar staan voor Cronje in. Skryf 'n selfoonnommer op 'n stukkie papier neer. Sit dit langsaan die telefoon.

"As jy my nie glo nie kan jy hom skakel. Die Kode naam vir die ondersoek is operasie Judas Iskariot."

Cronje is stom geslaan.

Hy sit terug in sy stoel.

Trek 'n hand deur sy deurmekaar krulle.

Deurdink die omvang van wat Griesel so pas aan hom bekend gemaak het.

Griesel wag geduldig.

Hy ken sy beste speurder.

Cronje gaan nie dit wat hy so pas met hom gedeel het, sommer net vir soetkoek opeet nie.

En net soos hy verwag, tel Cronje na 'n tyd die gehoorstuk van die telefoon op en skakel die nommer.

Hy gee die kode naam en staar Griesel stip aan, terwyl 'n stem in sy oor vra dat hy homself identifiseer.

Cronje doen dit nie, hy handig net die gehoorstuk terug aan sy bevelvoerder.

Griesel gee 'n vinnige verduideliking vir sy rede vir die oproep en lui dan weer af.

Die twee mans staar mekaar 'n oomblik woordeloos aan.

Cronje maak sy keel skoon voor hy praat.

"Jammer kaptein."

Griesel neem die stukkie papier met selfoonnommer skeur dit op, leun terug in sy stoel.

"Waar pas Roux in die ding in Konstantyn? Ek weet hy is jou vriend en die land se voorste AFP maar ek kan nie bekostig dat maande se werk by die drein af gaan nie. Volgens Ren het Roux hom 'n tyd gelede genader oor *Dik* Hendrik en die Joubert saak. Ren was nie seker of Roux besig was om te vis, en of sy intensies opreg was nie..."

Cronje weet in daardie oomblik nie wat om te antwoord nie.

Hierdie ontdekking het 'n hele nuwe perspektief op die situasie en die moord op die regter geplaas.

Na die ontdekking van die versteekte kamera en die opname vroeër vanaand was hy oortuig van Roux se onskuld..

Maar nou?

Wat as Roux die hele ding so bewerkstellig het om met moord weg te kom? Al die inligting met verwysing na die hofsake wat Roux, Cronje gevoer het, het Ren in 'n slegte lig geplaas.

Nie dat Cronje veel oortuiging nodig gehad het om die slegste van die man te dink nie. En Roux het dit geweet..

Selfs toe die regter se eie seun met dieselfde storie van omkopery vorendag gekom het, het Cronje dit as die waarheid aanvaar.

"Twee eerbare mense het nou al hulle lewens verloor Konstantyn. Stel jou voor Roux is nie wie ons dink hy is nie. Stel jou voor hy het snuf in die neus gekry en besluit om Ren te nader.. Hoeveel van die korrupte prokureurs, aanklaers, regters het hy gewaarsku? Ons probeer nog uitvind wié presies almal betrokke is. Hy was in die perfekte posisie om ons in die rug te steek.. Jou te misbruik.."

Cronje kyk af na sy groot growwe hande.

Hy het 'n terug flits na daardie aand op die stoep van hom en Miertjie se huis.

Die aand wat hy Roux alles vertel het van wat gebeur het al daardie jare gelede.

Die rede hoekom Miertjie elke oggend en elke aand met haar kommetjie waswater by die derde kamer van hul huis in verdwyn.

Die rede hoekom hy elke dag van sy lewe twee verskillende gekleurde sokkies aantrek is ter herinnering van, en 'n belofte aan homself.

Dan sien hy weer in sy geestesoog Roux op die Taljaards se vloer lê. Die bloed. Die manier hoe hy op Cronje alleen probeer bly fokus het..

"Deksels Cronje! My lewe kan in gevaar wees! As Roux, my naam uit Ren gekry het.. Mý as een van die betrokkenis by die klandestien ondersoek genoem het.. Vir al wat ek weet is ek more of oormore volgende. Maar dit gaan nie net hier oor my nie. Dit gaan oor ons land, die handjie vol van ons opregtes, mense soos ek en jy. Die polisiemanne wat baklei vir reg en geregtigheid. Hulle lewens waag. En vir wat? Sodat die korruptes hulle sakke vol geld kan stop. Die kriminele kan hiet en gebied net waar hul kom. Hulle maak 'n bespotting maak van die reg. En glo my, hierdie is die punt van die ysberg. Hierdie omkopery het verrykende gevolge. Dit strek wyer en dieper as wat ons dink."

"Jean Taljaard het jou naam genoem, maar Roux weet nie daarvan nie kaptein. Ek het op daardie stadium van die geveg besluit om die informasie vir myself te hou."

Griesel is sigbaar verlig.

"Dankie tog daarvoor. Goed. Ek sal met Jean gaan praat. Die situasie aan hom verduidelik. Maar wat is jou gevoel Cronje? Was Ren se moord 'n persoonlike vendetta of kan dit iets met Judas Iskariot te doen hê?"

Griesel vra eintlik dieselfde vraag, net op 'n ander manier.

"Roux is Ren Taljaard se seun kaptein."

"Herhaal net weer wat jy gesê het. Ek het verkeerd gehoor. Ek dag jy sê Ro.."

"Ren het 'n DNA toets laat doen en daar was 'n opgedateerde testament. Hy was van plan om Roux 'n fortuin te los."

Cronje onthou meteens van die bebloede testament wat op die vloer agter gebly het.

"Deksels!"

"Wat is dit Konstantyn?"

Cronje antwoord nie, lig net die telefoon op en vra die skakelbord om met konstabel Frank Thabalala op sy selfoon kontak te maak.

Oomblikke later antwoord die konstabel sy foon.

"Is jy nog by die woning?"

"Yes. The other vans just arrived now. They are all about to leave for the station. Any news on RR?"

Cronje ignoreer sy vraag oor Roux.

"Daar het 'n belangrike dokument agtergebly Frank. Op die vloer waar Roux... In elk geval. Moenie wag vir forensies nie, ek wil hê jy moet dit nou gaan kry. Stuur dit saam met een van die konstabels. Ek wag in Griesel se kantoor."

"Hang on."

In die agtergrond hoor Cronje die dowwe voetstappe van Thabalala deur die huis beweeg.

"You said it was on the floor?"

"Ja."

"I don't see it anywhere."

Cronje swets onderlangs.

"Is jy seker? Dit is van uiterse belang dat ons daardie dokument opspoor."

"I'll find it." sê Thabalala en lui af.

Cronje sit die gehoorstuk terug op die mikkie en begin dan 'n in-diepte verslag aan sy bevelvoerder gee. Hy noem die venstertjie in die aantrek-kamer wat nie op knip was nie.

Die DNA toets wat hy ontdek het.

Die argument tussen Jenna en Ren oor die testament wat nou soek was.

Hy blaai tussen in deur sy notaboekie waarin hy altyd aantekeninge tydens ondervragings maak. Probeer sin maak van gebeure.

"Hoe dit ookal sy, met of sonder die regte moordenaar se mede-wete was die moord op die versteekte kameras vasgevang. Dit tel in ons guns, ten minste weet ons dit was iemand wat soos Roux vermom was.. Behalwe..."

"Wat.. ?"

"In die beelmateriaal gebruik niemand Jenna se stok om Ren op die bodem vas te druk nie.."

Griesel sug. Cronje slaan sy notaboekie toe.

"Net voor Roux geskiet is, was hy op die punt om 'n deurbraak in die ondersoek te maak."

"En jy weet nie wat die deurbraak was nie?"

Cronje skud sy kop.

"Hy wou Ren se selfoon onder oë kry.."

"Hy sou die oproepe tussen my en Ren gesien het." sê Griesel bekommerd.

"Maar hy het nie.."

"Het hy geweet van Ren, die DNA uitslae?"

"Nee."

Die twee mans sit 'n tyd lank in stilte. Griesel se gedagtes bes moontlik op die ondersoek gefokus. Cronje sin by Roux in die hospitaal.

Uiteindelik lig Cronje hom uit sy stoel.

"Ek gaan hospitaal toe."

"Dis reg so maar moenie te lank draai nie Cronje. Ons moet vanaand nog hierdie ding oplos."

* * *

Roux lê in 'n klein kamer in die waakeenheid. Daar is veelvuldige pype en masjiene aan hom gekoppel.

Die ritmiese gepomp van asemhaling en hartmasjien die enigste geluide in die kamer.

"Jy het 5 minunte speurder!" waarsku die matrone in erns voor sy omdraai en wegstap.

Cronje staar 'n oomblik na die deurhandvatsel.

Hy neem 'n diep asemteug..

Toe hy binne in die kamer tree is dit soos deja vu.

Dit is weer jare gelede.

Hy is 'n jong speurder.

Die persoon in die hospitaalbed is sy boesemvriend, Samuel. Miertjie se seun.

Vir 'n paar sekondes is die verlede en hede inmekaar gevleg.

Die beeld van Samuel smelt met dié van Roux in.

Die reuk en hospitaal geluide, alles dieselfde en tog verskillend.

Hy gaan sit op die stoel langs Roux se bed.

Die litteken op sy vriend se gesig nou meer prominent teen sy bleek vel.

Cronje reik na die jong AFP se hand.

In sy kop smeek hy met sy vriend om aan die lewe te bly. Dreig selfs.

Hy besef Roux kan hom nie hoor nie, begin dan prewelend weer.

"Jy is my beste vriend. Ek het jou lief. En ek weet nie hoe ek sonder jou sal kan aangaan nie..."

Die trane stroom oor sy gesig. Hy laat dit begaan.

"Daar is iets wat jy moet weet.. Die DNA toets... Ren is jou biologiese pa Righard. Ek weet nie.."

'n Ligte klop aan die deur onderbreek hom.

'n Verpleegster steek haar kop by die deur in.

"Sy ouers is hier.."

Cronje vee vinnig sy trane af.

Staan uit die stoel uit op, druk sy vriend se hand saggies.

"Ek sal later weer kom inloer." fluister hy.

Knik dan sy kop asof daar 'n wedersydse gesprek tussen hulle was.

Roux se ouers skuur by hom verby, groet hom skaars. Hul aandag gefokus op Roux.

Dit is heeltemal te verstane en Cronje laat hul begaan.

"Hy is nog jonk en sterk. Dit tel in sy guns." troos die verpleegster nadat Cronje die deur agter die Rouxs toe getrek het.

Cronje kyk terug oor sy skouer deur die glasvenster.

Roux se ouers sit aan beide kante van die sy bed.

Hy wonder in daardie oomblik, as Ren kon, of hy ook nou langs sy seun se bed sou gestaan het?

Hy beweeg by die lang gang af.

Staan 'n oomblik rigtingloos naby die verpleegster-stasie.

'n Klokkie begin erens dringend en aanhoudend lui.

'n Paar verpleegsters haas hulle by hom verby.

'n Dokter volg kort op hulle hakke.

Cronje wag tot die gang weer leeg is voor hy verder aanstap.

Hy ry terug polisiestasie toe. Vind Griesel in dieselfde posisie agter sy lessenaar as wat hy hom agter gelaat het.

Cronje kyk af na sy horlosie. Dit is nou al byna 02:00 in die oggend. Hy behoort Miertjie te bel, die nuus oor Roux te deel. Maar hy besluit vir eers daarteen. Later as hy 'n beter idee het van Roux se toestand sal hy huis toe ry en haar inlig.

Hy vryf oor sy gesig.

Meteens voel hy dood moeg en stoksiel alleen.

22.

Nou terug in sy en Roux se kantoor, met die deur toe, trek hy die telefoon op sy lessenaar nader.

Skakel die uitbreiding na Alice se kantoor.

"Maar ek dag dis Visagie se ondersoek?" sê sy verward nadat Cronje vra of sy haar bevindings aangaande die na-doodse ondersoek aan hom sal herhaal.

"Dit is 'n lang storie Alice." is al verduideliking wat hy gee voor hy haar begin uitvra.

Teen die tyd wat Cronje die gehoorstuk neersit het hy reeds 'n string swets woorde kwyt geraak oor Visagie.

Die inligting wat hy sopas van Alice gekry het en dit wat Visagie vroeër aan hom weergegee het stem nie ooreen nie. As gevolg van die slegte opvangs het Visagie half geluister en gevolglik halwe gevolgtrekkings gemaak.

Die diep ronde indentasie agter op die regter se rug was gemaak binne 'n baie kort tydperk voor, gedurenende óf na die verdrinking. En aangesien Alice notisie geneem het van die die blinde Jenna het sy gevoel sy moes die moontlikheid van die stok as 'n moordwapen noem. Dit kón gebruik gewees het om die regter onder teen die bodem vas te druk.. Maar dit was bloot spekulasie van haar kant af. Die slotsom van haar bevindings aangaande wat présies die merk gemaak het was vir eers nog onbeslis en in oorweging. Tensy anders bewys kan word. En die onus hiervan het natuurlik op die ondersoekende beampte gerus. Die kneusplekke aan die regter se kopvel en nek was 'n ander storie. Ren Taljaard het nie maklik gegaan nie. Hy het terug baklei. Maar weereens, kon Alice net haar bevindings gee. Dit was die speurder wat die legkaartstukke moes maak pas.

139

Nou met die *korrekte* inligting in gedagte haal Cronje weer sy notaboekie uit.

Hy stop by die aantekeninge oor Daniël Short.

Tik met sy wysvinger op die bladsy terwyl hy dink.

Die man hou van speletjies speel.

Cronje kry meteens hond se gedagte. Maar hy sou eers moes wag vir al die verdagtes om na die polisiestasie aangery te word.

Na wat na 'n ewigheid voel stap hy uiteindelik na die ondervragings kamer waar Daniël Short gehou word.

"Vertel my van die stok meneer Short."

Die man glimlag, klap sy hande tergend saam.

"Sjoe, ek moet erken ek is beïndruk speurder Cronje."

"Nou Short!"

"Die ou *lady* het op 'n stadium haar stok teen die pilaar gerus. Ek het dit bloot as 'n geleentheid gesien om die ondersoek op te skroef. Bietjie pret by die okkasie te voeg, as jy wil. Ek het gereken die stok kon dalk handig wees.. En dit was…"

Hy trek 'n gesig.

"Of ek moet eerder sê dit sou gewees het.. As… jy weet,.. hy nie klaar dood was nie.."

"Jy het die stok gebruik om hom teen die bodem vas te pen. Maar toe kom jy agter hy is reeds dood."

"Presies. Nét soos ek reeds vertel het… Buiten die noem van die stok, natuurlik…"

Cronje draai om, maak die deur agter hom oop. Skel in die gang af na die naaste offisier om aan te meld. "Lees vir hom sy regte voor, daarna gaan gooi jy hom in die selle."

Daniël Short se oë rek effens.

"Arresteer jy my speurder? Op watse aanklagtes nogal?"

Cronje lig sy enorme hand, vingers oop gestrek. Begin af tel.

"Dwarsboming van die gereg. Minagting van die wet. Onwettige toegang tot die Taljaards se perseel. Korrupsie, omkoop van 'n staatsbeampte. Sameswering tot moord.. Poging tot moord. Die lys gaan aan en aan Short."

Short begin op hom skel, dring aan op sy prokureur.

Cronje trek die deur agter hom toe, stap na die volgende vertrek.

"Speurder Cronje.." sê die vroue-konstabel, ter verduideliking aan die blinde weduwee toe hy die vertrek binne tree.

"Jy kan maar buite wag." beveel Cronje en wag tot die konstabel die deur agter haar toe trek voor hy oorkant die weduwee gaan sit.

"Vroeër vanaand toe ek die DNA toets aan jou genoem het was jou reaksie nie wat ek verwag het nie mevrou Taljaard."

"I'm not sure I understand?"

"Jy was geskok om uit te vind van die kind, maar nie oor die moontlikheid van 'n buite egtelike verhouding nie. Hoekom?"

Sy gee 'n sug. Vryf haar hande saam.

"There was a period before we got engaged that we broke off our relationship. We both felt, or maybe I should say, I felt I needed space. Our relationship was getting serious, and even though that was all good and well, I didn't know if it was fair on Ren. He was made for greatness and me and my disability would weigh him down. Hold him back. He would always have to be considerate of my needs. Everyday, for the rest of his life.. Anyway, I broke it off. He didn't handle it very well. He behaved irrationally. Drank too much, partied hard. He met another law student. Charmaine someone. Their relationship didn't last. He was trying to forget about me and she wanted to marry into a wealthy future. After we got back together he mentioned they got sexual real quick. Going forward he didn't want any secrets between us, and that is why he told me...."

Sy vee 'n enkele traan wat oor hang loop af, skud haar kop.

"It must have broken his heart, discovering he had a child out there somewhere all these years. It makes sense now... The changes he wanted to make to his will.. He kept on saying he would explain everything to me when the time was right. But I wouldn't listen. All I kept thinking was that my husband was going to lose his mind. Or that he was in some kind of serious

trouble. How ..do you think he made the discovery about this child?"

Cronje antwoord haar nie. "Het jy geweet van die klandestiene ondersoek waarby Ren die afgelope paar maande betrokke was?"

" First you tell me about hidden cameras, now some covert operation. It's like I didn't know my husband.."

"Antwoord my vraag Jenna... Was jy bewus daarvan of nie?"

Sy skud haar kop.

"But that would explain the phone calls and his recent change in behavior.... Tell me, detective, do you know the identity of.."

"Dit is Righard Roux."

Jenna Taljaard se mond gaan effens oop.

"Ek kan nie verder in besonderhede in gaan nie. Maar deur, en as gevolg van gebeure rondom die klandestiene ondersoek het Roux met Ren kontak gemaak. Ek vermoed Ren het in Roux se agtergrond gaan rondkrap en só uitgevind."

Die weduwee snik nou onbeheersd.

"Ek sal reël dat iemand jou nou huistoe neem. Ek is jammer vir jou verlies mevrou Taljaard."

Cronje wil net by die vertrek uit stap toe die weduwee agter hom praat.

"Ren always tried to hide Jean's wrong doings from me.. But a mother knows her child detective. If Jean knew about Roux..."

Sy neem 'n diep asemteug.

"I guess what I am asking is.. Do you know who murdered my husband, detective?"

Hy kies sy woorde versigtig.

"Ek weet ..dit was nie jy nie."

23.

"Glo jy in die noodlot mejuffrou Fletcher?" vra Cronje nadat hy oorkant haar agter die tafel in die ondervragings kamer inskuif.

Die huishulp blyk in 'n baie slegte emosionele toestand te wees.

Haar oë is bloedrooi gehuil en opgeswel.

Sy sit vooroor gebuig asof die aand se gebeure dreig om haar te oorrompel.

"Ek het nie bedoel om meneer Roux te skiet nie. Asseblief! Jy moet my glo. Wat is sy toestand?"

Die beeld van Roux in die hospitaal flits voor hom op.

Hy kners op sy tande.

"Wat het jy dan met die wapen gedoen mevrou Fletcher?"

Sy vryf oor haar arms asof sy koud kry.

"Jy en meneer Roux was nog buitekant besig om te gesels. Jenna het gevra of ek vir haar 'n koppie tee sal gaan maak. Ek was oppad kombuis toe, toe ek dit op 'n stoel langs die tafel in die voorportaal sien lê het."

Sy huil onophoudelik tussen haar woorde deur.

"Ek het eers gedink dit was een van Lushe se *props* vir die aand. Maar toe ek dit optel voel ek die gewig daarvan. Ek het gedink om dit na julle toe te bring. Ek.. ek het nog nooit 'n wapen hanteer nie Ek.. ek het soos 'n idioot my vinger naby die sneller gehou en toe.. Toe.."

Haar hele lyf ruk. Sy vee haar trane af, maar kan nie verby die golwe van histerie kom nie.

"Hy.... hy ... het net so vinnig en vanuit die bloute verskyn. Toe hy agter my praat... Ek het geskrik en .... Per.. ongeluk die sneller getrek...."

Cronje staar haar koud aan.

"Ek dink jy lieg."

"Hoekom sal ek lieg?! Ek wil nie tronk toe gaan nie. Wat gaan van Jenna word? Wie gaan na haar omsien?!"

"Het jy geweet dit is Roux?"

Sy vererg haar.

"Jy het my vroeër dieselfde kriptiese vraag gevra speurder Cronje. En my antwoord bly dieselfde. Ek.. weet nie waarvan.. jy praat nie!?"

Hy knik.

"Goed. Kom ek verduidelik. Jý het gedink jou naam was op daardie uitslag van die DNA toets, want hoekom anders sou Ren jou met so iets vertrou, of hoe? Jy het gemeen jy sou ryk erf, maar toe teken Ren nie die testament nie en jy vind uit Roux is Ren se seun. Jy besluit om hom uit die weg te ruim net ingeval hy dalk sal aanspraak maak op enige iets in die toekoms. Bloot omdat jy voel dit kom jou toe. Ren was tog na alles soos die pa wat jy nooit gehad het nie.. "

Sy skud haar kop heen en weer.

"Jy is van lotjie getik! Hoé moes ek geweet het die kind was meneer Roux hé? Sê MY HOE!!??

Die reëls en regulasies rondom sulke toetse is baie streng. Ek is seker dit het selfs vir jou 'n hofbevel gekos om die identiteit te bekom."

"Hoekom jou by die hele ding betrek?" vra hy en staar diep ingedagte na die huishulp.

Dan tref dit hom meteens.

Die antwoord staar hom nog eintlik die heeltyd in die gesig.

"Jý het tydens jou eerste ondervraging gesê *almal het geheime..*"

Sy knik.

"En Ren het jóu vertrou..."

"Ja, hy het..."

"Ren wou Jenna beskerm, in geval iets gebeur. Hy het geweet

jý sou agter haar kyk. Maar hy wou terselfdetyd ook reg doen teenoor Roux. Dit is hoekom hy jou as kontak persoon gelys het, is ek reg?"

"Ek is bevrees ek volg nie wa..."

"Operasie Judas Iskariot."

Die verandering in haar liggaamshouding is onmisbaar.

Hy het die spyker op die kop geslaan.

"Praat met my mejuffrou Fletcher. Dit is die minste wat jy vir Ren en meneer Roux kan doen."

Dit neem haar 'n oomblik om haar sinne agter mekaar te kry. Aan die eenkant lyk sy verlig en tog kan hy haar spanning aanvoel.

"Ren het my net oor die noodsaaklikste in gelig. Hy het my in sy vertroue geneem nadat Jean een aand een van sy oproepe afgeluister het. Jean is nie wat hy voorgee om te wees nie speurder Cronje. Daardie man het 'n donker streep in hom. En hy is lui. Dit is nie 'n goeie kombinasie nie. Oor die jare was hy betrokke by vele.. Kom ons noem dit maar grys onderhandelings. Ren het dit van Jenna af weggehou. Jean het dié rondte weer 'n geleentheid gesien en sy eie pa probeer afpers! Geld in ruil vir sy stilswye.. Jean het genoeg vuilgoed geken om die Judas Iskariot ondersoek heeltemal te ondermyn. Na regter Thabogo se dood was Ren se grootste bekommernis Jenna, en wat van haar sou word as die dinge sou skeefloop. Hy kon naderhand nie meer die druk hanteer nie. Hy het tot homself begin oortuig Jean het iets met regter Thabago se dood te doen gehad. Ek het die laaste paar maande gesien hoe sy gesondheid begin agteruit gaan, die verandering in hom. Seker 'n maand of wat gelede kry ek hom in die binnehuise swembad waar hy sit en huil. Dit was toé wat hy my van die hoogs sensitiewe ondersoek vertel het. Nie lank daarna nie het hy die ontdekking aangaande sy buite egtelike kind genoem. Hy het net gesê hoe dit blote toeval was, en as dit nie vir operasie Judas Iskariot was nie, hy nooit daarvan sou uitgevind het nie..."

Sy begin weer huil.

"En nou is Ren weg en ek moet uitvind ék is die een wat sy seun geskiet het!"

Cronje sluk die knop in sy eie keel af.

Stuur die ondervraging in 'n ander koers.

"Vertel my van die venstertjies in die aantrek kamer. Staan dit altyd oop?"

Die huishulp skud haar kop.

"Ren het dit verpes. Altyd gesê dit laat 'n koue trek in."

Hy fnuik 'n frons van verwarring.

"Jy is 'n baie oplettende mens mejuffrou Fletcher.. Jy het van die versteekte kameras geweet, dan nie?"

"Ja."

"Dus moes jy ook geweet het wié dit laat installeer het. Dit was nie Ren nie ne?"

Haar wange word rooi.

"Ek het gemaak asof ek niks van dit weet nie. Ek kon nie, wou nie, betrokke raak nie. Na Ren my vertel het van Jean.. Wel om jou die eerlike waarheid te sê. Ek was daarna bang vir Jean."

"Het jy Ren ooit van die kameras vertel juffertjie?"

Sy trek haar knieë teen haar bors op, vou haarself in 'n bondel op asof deur dit te doen sy die hartseer kan afweer.

"Ek het.."

"Ek gaan jou weer vra. Hoekom het jy nie vir Ren in die swembad gesien toe jy gegaan het om die deur te sluit nie?"

Karin Fletcher haal haar skouers op.

"Ek weet nie speurder Cronje. Ek weet nie!"

"Want, mejuffrou Fletcher.." verduidelik Cronje terwyl hy opstaan, nou seker van sy saak. "Hy was op daardie oomblik in die aantrek-kamer besig om die nuwe testament te teken."

* * *

146

Terug in sy kantoor, maak hy weer kontak met konstabel Thabalala. Hy is baie spesifiek oor 'n opdrag en die manier hoe die konstabel sy versoek moet uitvoer.

"En nog 'n ding, maak seker forensies stof die venstertjie vir vingerafdrukke gehoor."

"*No problem. I'll call you as soon as it's done.*"

"Het iemand al die testament opgespoor?"

"*Still missing. Sorry. And by the way detective, the weapon that was used on Roux... forensic is still waiting on it. As you know they need it to match Miss Fletcher's prints. I explained that you are extremely busy and suggested that they send one of the techies around to collect it from you. Thought it might help you out. Just so you know..*"

Cronje is vir 'n oomblik verward.

"Hoe bedoel jy nou Frank? Ek het nie wapen in geneem nie, jý het.."

Daar is 'n lang ongemaklike stilte op die lyn.

"Frank?"

"*I remember it lying close to you on the floor. When I got back from placing Miss Fletcher into the back of the van.. I..I just assumed you collected the evidence detective..*"

"Wel ek het nie konstabel! Met ander woorde die wapen EN die testament lê nog daar iewers!"

Thabalala se stilte spreek boekdele.

"EK WIL NIE VAN JOU HOOR TOT JY BEIDE DIE WAPEN EN TESTAMENT IN JOU HANDE HET NIE. VERSTAAN ONS MEKAAR?" snou Cronje asof dit die konstabel se skuld is.

Die konstabel klik sy tong, mompel iets kort-af in Xhosa en lui af sonder om te groet.

Aan sy kant, sit Cronje die gehoorstuk hardhandig op die mikkie neer.

Hy vryf 'n paar keer oor sy gesig.

Eers die testament. Nou die vuurwapen!

As dit aan die lig moes kom kon hierdie onnodige foute hul later in die hof kelder. En dan snou hy nog ook vir Thabalala toe asof dit sý fout is. Hy sou later omverskoning vra. Maar hy moes begin fokus, sy emosies uit die ondersoek hou.

Vyf minute later loop Cronje by die volgende ondervragings kamer in.

Ulke Taljaard lê met haar kop op haar arms.

Van Roux se droë bloed kleef nog aan haar arms.

Cronje trek die stoel met opset hardhandig uit. Sy skrik orent.

"Enig nuus oor meneer Roux se toestand?"

Cronje ignoreer haar vraag.

"Wat as ek jou sê dat jou liewe man net so korrup soos jou skoonpa was. Dat al die stories wat hy jou vertel het van hoe hy Ren van homself wou red alles bog stories was. Hy was besig om 'n situasie tot sy eie voordeel te manipuleer."

Sy lyk geskok.

"Ek verneem jou man was gereeld deurmekaar met twyfelagtige ondernemings.. Klink my hy is glad nie baie betroubaar nie"

Ulke Taljaard kyk verleë weg.

"Hy is baie naïef speurder Cronje. Ek glo hy is bedoel vir groot dinge. Maar mense misbruik hom. Hy was nog nooit 'n baie goeie oordeel van karakter nie. Maar ek het geen twyfel oor sy lojaliteit as dit by sy pa kom nie. Jean wou ons gesin beskerm, sy ma, sy pa, die Taljaard naam. "

"Hy het jou om die bos gelei Ulke. Of miskien wou jy net die die waarheid sien nie. Ek vermoed die skrif is al 'n geruime tyd aan die muur. Jean is geldgierig, hy maak foute, sy pa moet hom keer op keer uit die verknorsing help. Dan val hierdie guldige geleentheid in sy skoot. Hy vind uit sy pa is betrokke by iets groots. Hy oortuig jou hy hy doen dit vir die Taljaard naam, vir almal van julle se beswil. Vir reg en geregtig... Het jy hom werklik geglo?"

Sy kyk weg. Cronje pols voort.

"En toe duik die DNA toets en verandering aan die testament ook nog op. Jean voel bedreig en hy raak paniekerig. Want sê nou net hierdie ander seun of dogter leef op na al daardie hoë verwagtinge wat Ren altyd aan hom gestel het. Wat as Ren hom blootstel as die slapgat misoes van 'n krimineel wat hy regtig is...."

Ulke Taljaard weier steeds om oogkontak te maak. Haar teleurstelling in Jean 'n vernedering wat sy duidelik veel eerder êrens alleen aan wou proe.

Cronje staan op, besluit om haar tyd alleen te gee. Die besef dat die persoon waarvoor jy lief is toe nie die persoon is wat jy gehoop het nie, maak nie net seer nie, dit laat mens teleurgesteld in jouself, die lewensveranderende en verkeerde keuses wat jy gemaak het.

"Speurder Cronje wag..?" sê sy skaars hoorbaar.

Hy draai terug, sien hoe sy iets uit haar broeksak probeer haal.

"Die.. testament. Ek.. ek het dit nog. Dit het op die vloer geval..Ek.. ek het dit opgetel. Jean het daarna bly staar. Ek weet nie wat hy..."

Sy skud haar kop. "In elk geval.. Hier. Jammer dit is vol bloed, ...'n pappery."

Hy probeer die vel papier versigtig by haar neem, maar dit skeur stuk-stuk uitmekaar.

"Aggenee!" roep Ulke oorstelp toe 'n gedeelte klewerig aan haar vingers agterbly.

Cronje fokus op dit wat oor is in sy hand.

Onder in die regterkantste hoek kan hy die getikte letters van Ren Taljaard se naam in hoofletters uit maak. Bokant dit die parafeer-lyn waarop die verlange handtekening die testament geldig sou verklaar.

Ren Taljaard se handtekening daarop onmisbaar.

Hy het op die einde gedoen soos wat hy goed gedink het.

Of hy ooit van plan was om Roux die waarheid te vertel sal niemand van hulle nou ooit weet nie.

Dit idee dat Cronje nog al die jare verkeerd was oor Ren Taljaard nou skielik 'n ontnugterende gedagte.

Die groter ironie die wete dat soveel mense ook hóm as gevolg van sy temperament en optredes meer male verkeerdelik vooroordeel.

Is dit nie maar wat tussen hom en Ren Taljaard daardie dag jare terug buitekant die hof verkeerd geloop het nie? Twee harde koppe wat bloot net nie die ander se standpunt wóu insien nie, maar instede, 'n jarelange vyandige houding aangevuur deur selfbelang en afguns verkies het.

Ren Taljaard se uitspraak destyds, was volgens hom verkeerd en uiters onregverdig.

Cronje, toé skaars 'n jaar in die speurdiens, was geskors vir 2 jaar, met onmiddelike effek. Daarna sou hy van voor af sy eksamens moes aflê, van voor af kwalifiseer en sy pad deur die range na speurder terug werk. Mits enige bevelvoerder natuurlik hom nog in sy eenheid wou hê. Hy sou 'n kriminele rekord hê. Gegewe, dit sou slegs deur 'n hofbevel opgeroep kon word, maar dit was daar. 'n Klad teen sy naam.

Die rede vir Cronje se skorsing?

Hy en Samuel, sy boesemvriend van kindsbeen af, was uit op hul vissersboot net duskant Gordons baai in Rooi Els se rigting.

Dit was hul gebruiklike Saterdag tydverdryf, tensy Cronje aan diens was.

Met die terugkeer hawe toe het 'n luukse katamaran in die teenoorgestelde rigting verby geseil.

Aan boord, 'n luidrugtige partytjie aan die gang.

'n Stuk of 20 mense.

Fris besope manne en vrouens met dun middeltjies in nog dunner bikinis.

Ten spyte van op die oop see wees het die katamaran té naby aan hom en Samuel se klein motorboot verby gegaan.

Cronje glo tot vandag dit was met opset.

Ten spyte daarvan kon Samuel, wat reeds lank 'n ervare seeman was, daarin slaag om hulself en die katamaran van 'n rampspoedige botsing te red.

Cronje onthou die presiese woorde wat Samuel gesnou het.

Jirretjie! Haal af julle se og-klappe af man! - Dit was al.

Maar dit was die enigste aansporing wat die kapokhaantjies aan boord nodig gehad het om hom en sy beste vriend se lewens onherroeplik te verander.

Hy en Samuel het aan wal gegaan en hul gebruiklike aandete in die klubhuis se restaurant gaan geniet.

Net voor sononder sien Cronje die katamaran terug in die hawe.

Die gepeupel aanboord nog meer luidrigtig en op hulle ore as vroeër die middag.

Een van die manne gewaar vir Samuel en kom slingerend nader.

Hy was die seun van die eienaar van die katamaran.

Kort voor lank was hulle omsingel deur die hele lot.

Daar word rassistiese opmerkings gemaak, teen hom en Samuel.

Niks wat hulle nie gewoond aan was nie.

Samuel het hulle afgelag.

Cronje het stil gebly.

Die hawemeester wat toevallig daar was het die manne uitgejaag. Dit het die rykmans-kinders verneder. Hy het ook gedreig om finaal beide die jong man en sy pa se skippers-lisensie te skraap as gevolg van die groep se wangedrag.

Cronje sou agterna hoor dit was nie dié eerste keer dat die jong man en sy trawante moeilikheid gemaak het nie. Maar dit sou wél die laaste keer wees.

Die hele situasie was 'n resep vir moeilikheid.

Salig onbewus van wat op hulle wag is hy en Samuel net na 22:00 die aand oppad huistoe.

Maar in die parkeer grond word hulle oorrompel.

Hul word aanboord die katamaran geboender, sonder enige ooggetuies.

Daar word hulle 'n *les* geleer.

As dit maar net daar geeindig het.

Maar ongelukkig veroorsaak drank, dwelms en gekneusde egos op die beste van tye 'n dodelike kombinasie.

Hulle word tot die volgende oggend aanboord gehou. Aangerand, amper tot 'n pulp geslaan. Samuel meer as hy.

Daarna vaar hul ontvoerders met hulle die diepsee in. Paniek word baas, en hul word naby Kogelberg soos aas oorboord gegooi.

Vreemd wat deur mens se gedagtes gaan as jy die dood in die oë staar.

Terwyl Cronje gespook het om die bewustelose Samuel bo water te hou het hy skielik iets onthou wat hy jare van te voor omtrent dié deel van die kuslyn gelees het. Dit was bekend vir die hoogste sowel as die steilste afgrond aan die Suidelike kus van Afrika.

'n Nuttelose brokie inligting wat hy oor en oor in die volgende amper 6 ure aan homself herhaal het.

Goddank het iemand wat juis bo vanaf die pad die see-uitsig deur sy verkyker bewonder het hom toevallig raakgesien.

'n Uur later het 'n reddingspan hom en Samuel uit die ysige Atlantiese see lig.

Cronje was 'n kranige branderplank ryer en dit was bes moontlik sy kennis van die see en swem-fiksheid wat bygedra het tot hul oorlewing.

Dit en sy wil om sy beste vriend se lewe te red.

Hy het daarin geslaag. Soort van.

Samuel Meintjies het brein skade opgedoen. Die twee bydraende faktore was....

Een, die herhalende harde houe teen sy skedel.

En twee, 'n te lang tyd onder water en sonder suurstof.

Cronje se gesig was 'n bebloede gemors.

Hy kon skaars deur sy oë sien.

Meeste van sy ribbes afgeskop.

Hy moes twee keer af duik onder die donker water agter die bewustelose Samuel aan.

Die onvermoë om Samuel se gesig betyds weer bokant die water te kry, iets waaroor hy homself nooit sal vergewe nie.

Samuel Meintjies sou vir die res van sy lewe mediese versorging nodig hê.

'n Taak wat op Miertjie, sy ma se skouers sou rus.

Daar was geen ander uitweg nie.

Finansieel kon sy dit nie bekostig nie maar meer as dit, sou sy nooit haar kind alleen in 'n instansie onder vreemdelinge se sorg los nie.

Vir Cronje was dit 'n dubbele swaard.

Hy dra nog altyd die letsels.

Die skuld gevoelens.

Miertjie sou nooit haar seun sien trou nie.

Sy sou nooit kleinkinders hê nie.

Hulle sou nooit weer op 'n Saterdag saam uitvaar en gaan visvang nie.

Met tye laat hy homself toe om te wonder of dit nie beter sou wees as Samuel eerder aan sy beserings beswyk het nie.

Hy het dit op 'n dag aan Miertjie erken.

Sy het hom in haar krom armpies in getrek en getroos.

Weet jy dan nie Asyn? Hy is nog hier, met my. Ek staan eerder die res van my lewe langs sy bed as langs sy graf.

Cronje het homself later daardie selfde dag nog uit die hospitaal ontslaan.

Hy het die jong man by die hawe gaan inwag.

Homself volgens amps-titel aan die jong man bekend gestel en hom ingelig dat hy daar was om hom in hegtenis te neem.

Daar was eers 'n blik van totale verrassing op die man se gesig. Gevolg deur die skielike besef wording en vrees.

En toe reageer hy.

Dit was in die daaropvolgende oomblikke terwyl die lafaard probeer vlug, wat Cronje homself oorgegee het aan die lewenslange hartseer wat sou volg na die diagnose op Samuel.

Die woede vir wat dit aan Miertjie sou doen wanneer hy na die tyd na haar huis toe sou ry om die hartverskeurende nuus aan haar te breek.

Hy wou eintlik homself sonder enige self beheer wreek. Maar hy het nie.

Hy het die jong man grond toe geduik, hom op sy rug gedraai en wel gemoker.

Een helse vuishou.

Maar dit was ten aanskoue van dieselfdehawe-meester en die verdediging sou dit later tot hul voordeel gedurende die hofsaak gebruik.

Sý optrede, in plaas van die afgryslike dade wat hul aangedoen is het die fokuspunt geword.

Ren Taljaard se uitspraak het Cronje as die *skuldige party* uitgewys.

Die lafaard en sy trawante se optredes die produk van hul omstandighede.

Cronje se emosionele toestand gedurende die traumatiese gebeurtenis die enigste versagtende omstandighede wat Taljaard in ag geneem het.

Die jong man sou 3 maande vir rehabilitasie in 'n instansie vir dwelm en drankmisbruik deurbring.

Op die klag van aanranding en poging tot moord is hy skuldig bevind met 'n opgeskorte vonnis van 5 jaar.

Die hof het gevoel hul kon nie die jong opstoker as die enigste sondebok uitwys nie, aangesien almal ingeklim en geskop en slaan het. Hy, of te wel sy pa sou aanspreeklik wees vir al Samuel se mediese onkoste tydens sy hospitaalverblyf. Daarna was 'n eenmalige bedrag betaalbaar as skadevergoeding.

Konstantyn was plat geslaan deur Ren se uitspraak.

Waar was die geregtigheid? Vir Samuel? Vir Miertjie? Vir hom?

Dit was die vrae wat hy aan die regter gestel het nadat hy kort daarna hom buitekant die hof raak geloop het.

"Ek is werklik jammer oor wat gebeur het Cronje, maar wat as daardie hawe-meester nie opgedaag het toe hy het nie? Jý het gedink jy kan die gereg in eie hande neem. Dit maak jou en

daardie vuilgoed een en dieselfde, dan nie? Die enigste verskil tussen julle twee is dat daardie jong man gedurende die hofsaak spyt gewys het."

"Spyt?! Komaan sit jou oë in jou gat Ren? Hy het voorgegee!! Hy en sy trawante het ons vir dood agter gelaat! En dink jy werklik ek of Miertjie soek een bloue duit van hulle af? Geen bedrag skuld-geld kan Samuel weer Samuel maak nie!!"

"Miskien moet jy bietjie self ondersoek doen Cronje. Jy het nou 'n voorsmakie gekry van waartoe die mens in staat is. Wil jy elke dag van jou lewe daarmee gekonfronteer word? Want as jy ooit weer speurder haal sal jy aan jouself moet werk. Jy is aan die kant van reg en geregtigheid. Dit beteken ten spyte van die omstandighede, jý onwrikbaar moet bly. Jy kan nie emosioneel betrokke raak nie."

"Ek is nie emosioneel nie!"

"O? Nou wat soek jy hier Cronje? Die uitspraak is klaar gelewer. Of dink jy êrens in daardie beterweterige kop van jou, jy kan my van besluit laat verander? My dalk ook moker tot ek jou punt insien?"

Cronje het nie geweet wat om daarop te antwoord nie.

"Sover dit my aangaan het ek jou 'n tweede kans gegee Cronje. Iets wat jou vriend, Samuel nooit gaan hê nie. Gebruik eerder jou tyd en energie en vind 'n manier om hom en sy ma by te staan. Ons almal loop met goed en kwaad binne ons, maar watter een van die twee vure jy aan blaas bly jou keuse... Ek hoop jy vind vrede Konstantyn.

Hy het van daardie dag af, die onpaar sokkies begin dra. Elke tree wat hy sou gee op sy lewenspad vorentoe was een vir Samuel wat nooit weer sou kon loop nie, en die ander vir die kwaad binne homself en die mensdom wat hy tot die einde sou beveg.

***

Met sy fokus nou weer terug by Ulke Taljaard, neem Cronje al die stukke flenters papier by haar af. Alhoewel nou niks meer as 'n ongeldige dokument nie, was dit steeds 'n belangrike bewysstuk.

"Gaan jy Jean arresteer?" vra sy terwyl die trane oor haar gesig stroom.

Voor hy kan antwoord, stoot sy bevelvoerder die deur oop.

Griesel het nie nodig om enige iets te sê nie. Cronje lees die doodstyding op sy gesig.

Hy sak op die stoel agter hom neer.

"Is dit meneer Roux?" vra Ulke Taljaard saggies.

Griesel knik.

Ulke Taljaard strek haar hand en streel troosend oor Cronje se groot growwe hande wat nou onbeheers bewe.

"Ek.. is jammer. Voel of ons almal vanaand so.. baie.. verloor het."

24.

Cronje sit in sy kantoor. Die deur gesluit.

Hy wou niemand sien nie. Geen medelyende blikke, skouerkloppe of trooswoorde aan hoor nie.

Roux se dood het onwerklik gevoel.

Hy moes Miertjie laat weet.

Haar styf vashou en troos.

Sy blik dwaal na die lessenaar in die hoek. Daar was Roux se sitplek.

Sy oë skiet weer vol trane.

Hy vee dit af, staar na die oop notaboekie wat tussen al die ander papiere rakende die ondersoek op sy lessenaar lê.

Hy kan nie onthou dat hy dit uit sy broeksak gehaal het nie of hoe hy terug in sy kantoor opgeeindig het nie.

Daar was 'n pikswart leemte in sy geheuebank.

Hy sou voortaan sy lewe volgens *voor* en *na* Griesel se boodskap definieer.

Roux sou nooit weet dat die vermoorde Ren Taljaard sy biologiese pa was nie.

En Ren sou nooit uitvind dat sy poging om Roux eendag finansieel te ondersteun gefaal het nie.

Die telefoon op Cronje se lessenaar lui.

Hy ignoreer eers die herhaaldelike gelui die een na die ander. Na die soveelste een, tel hy op.

"It's me.."

Cronje knyp sy oë styf toe, forseer die woorde oor sy lippe.

"Hy is..weg Frank. Righard is dood."

Dit raak doodstil aan die anderkant van die lyn.

Toe die seer te ondraaglik groot begin voel, verbreek Cronje die stilte.

"Reggekom konstabel?"

"Yes.." antwoord Frank Thabalala uiteindelik na 'n gesnuif. Hy maak sy keel skoon, probeer die verslaenheid uit sy stemtoon hou terwyl hy aan Cronje terug rapporteer.

"It was actually easy. I stepped up onto the bench and pulled myself through the window."

"En die deur?"

"Exactly like you said detective. With the door halfway closed I was hidden from the camera. I must say getting out of the window was way easier than the climbing back part though."

"Hoe het jy dit toe reggekry?"

"There is a tree growing close by. I climbed into it, walked along a branch and managed to get entry that way."

Cronje frons, onthou iets waarna Roux kort voor die skietvoorval verwys het.

"Die *Karee.* "

"Sorry detective?" vra 'n verwarde Frank Thabalala aan die anderkant van die lyn.

Cronje glimlag hartseer. "Ons Roux was 'n dekselse goeie AFP, Frank."

Thabalala huil nou hoorbaar.

"Het jy die wapen gekry konstabel?"

"It's definitely not here. But we got fingerprints on the little window.. It .."

Cronje staar op daardie oomblik na 'n aantekening wat hy in sy notaboekie geskribbel het.

Voor Thabalala kan klaar praat, skiet Cronje uit sy stoel.

Hy gooi die gehoorstuk neer en hardloop vir die deur.

"Detective Cronje?"

* * *

158

Die ondervraging kamers is geleë aan die ander kant van die gebou, om die draai en met die gang af.

In die hardloop skree hy op die naaste uniform.

"SLUIT DIE STASIE SE DEURE! NIEMAND KOM IN OF GAAN UIT NIE!"

Griesel wat die bohaai hoor tree by sy kantoor uit.

Hy lyk soveel ouer en moeër na Roux se afsterwe.

Dit kan nie maklik vir 'n bevelvoerder wees om een van sy eie mense te verloor nie.

"WAT DE HEL CRONJE...?!"

Cronje beduie in die rigting van die ondervraging kamer.

"Ons het 'n gewapende verdagte in die gebou kaptein!"

Griesel se hand beweeg na sy holster. Binne 'n paar tree sluit hy by Cronje aan. Wapen gereed.

So ver as wat hul deur die polisiestasie beweeg, wuif hul almal uit die pad na veiligheid.

Waar die laaste kantoor by die gang aansluit, sak Cronje eers met sy rug af teen die muur.

Langs hom doen Griesel dieselfde.

"Wat is aan die gang?" eis Griesel in 'n fluister-stem.

"Die kort weergawe is dat ek gedink het daar was 'n misverstand tussen my en Thabalala. Maar dit was toe eintlik nie. Een van die verdagtes in die Taljaard saak het die wapen na die skietvoorval geneem."

"Wie?"

Cronje tel in sy kop tot by drie, trek sy asem in en loer eers vinnig om die hoek.

Die gang is leeg.

Die eerste drie vertrekke se deure staan oop.

Daniël Short, Jenna Taljaard en Karin Fletcher was 'n kort rukkie gelede nog elk in een van die kamers.

Maar nie een van hulle is meer daar nie.

Short en Fletcher was reeds amptelik gearresteer en in hul aparte aanhouding selle.

Die weduwee en haar prokureur is besig met die nodige by die lykshuis waar die oorlede regter gehou word.

Ulke Taljaard se liefde en lojaliteit teenoor haar man nadat sy die waarheid te wete gekom het sou bepaal of sy nog by die stasie was of nie. Ongeag, was Cronje se aandag op die onderskeie geslote deure waar agter Jean Taljaard en Lushé Marx nog hul beurt afgewag het.

Cronje kyk weer terug oor sy skouer, dui met 'n handgebaar die verdagte kamer nommer vir Griesel aan. Beweeg dan half hurkende eerste by die gang af.

Hy kan Griesel se onreëlmatige asemhaling agter hom hoor.

Cronje wens hy kon die komende situasie alleen aanpak. Sy bevelvoerder uit dit hou.

Maar hulle is tans in die sop, juis oor Cronje se nalatige optrede.

En hierdie was Griesel se stasie. Sý mense. Sý verantwoordelikheid.

En hy was ten minste gewapen. Volgens beleid het Cronje sy persoonlike gelisensieerde wapen met sy aankoms by die polisiestasie in die geallokeerde kluis gaan stoor. Sy dienspistool was nog deurdrenk van die swembad-water.

Halfpad by die gang af gebeur presies wat Cronje gehoop het om te verhoed.

Ulke Taljaard was toe steeds by die polisiestasie en tree niks vermoedens uit die vertrek waar Cronje haar agter gelaat het.

Dit neem 'n oomblik voor sy hulle gewaar, maar dit laat net genoeg tyd vir Cronje en Griesel om op dieselfde bladsy te kom oor wat volgende moes gebeur.

Beide sou vinnig moet optree.

Toe sy hulle hurkend sien sit, rek haar oë.

"Wat d.."

Cronje beduie vir haar om stil te bly.

Beduie dat sy hul voorbeeld moet volg en afsak tot op haar hurke.

"Wat is aan die gang?" vra sy fluisterend.

Griesel sit sy wysvinger voor sy mond, gevolg deur 'n handgebaar wat haar beveel om net daar op die plek te wag.

Sy trek haar kniee onder haar in. Vou haarself in 'n bondel op. Knik bang maar bly gehoorsaam sit.

Cronje beweeg tot duskant die ondervragings kamer waarin die party organiseerder aangehou word.

Hy kyk terug na Griesel, gee 'n duim na bo teken en bars by die deur in.

Griesel bly buitekant wag.

Daar is eers 'n lang uitgerekte stilte, gevolg deur 'n skielike rumoer.

"Wat is besig om daar binne te gebeur?" fluister-vra Ulke Taljaard onderlangs benoud.

Maar voor Griesel iets kan sê swaai die deur oop en Lushé word deur Cronje uit die vertrek geboender.

"EK WIL MET MY PROKUREUR PRAAT. HIERDIE IS *POLICE BRUTALITY!*"

Haar hande is voor saam geboei, maar ten spyte daarvan trek sy los en moker 'n hou in Cronje se rigting.

Griesel gee 'n sug van verligting.

Hou sy hand uit na Ulke Taljaard en help haar van die die vloer af op. Dan loop hy na die ondervragings kamer waarin Jean Taljaard gehou word. Hy stoot die deur oop maar voor hy kan instap hoor hy Jean praat.

"Wat se rumoer was hier langsaan aan die gang?" vra Jean.

Griesel stoot net die deur wyer oop.

"Meneer Taljaard.. Jy is vry om te gaan."

Ulke Taljaard kyk verbaas in Cronje se rigting.

"Maar.. Ek het gedag, speurder Cronje het my laat verstaan dat.."

"*HANDS OFF* JOU VARK!" skel Lushé en probeer losbreek, maar Cronje kry haar in 'n stewige greep aan haar elmboog beet.

"Jy mors jou tyd mejuffrou Marx. " sê Griesel in sy gewone bedaarde stemtoon voor hy sy hand na Cronje toe uithou.

"Die wapen?"

"JY SAL DIT NOOIT KRY NIE! EN DAARSONDER HET JULLE POTE NIKS OP MY NIE! SO GAAN VLIEG!" roep Lushé..

"Watter wapen?" vra Jean verward.

"Die een wat sy by die partytjie in gesmokkel het en wat gebruik was in die fatale skietvoorval op meneer Roux." verduidelik Griesel.

"Is hy..? Bedoel jy meneer Roux.." Jean kry nie die res van die woorde oor sy lippe nie.

"Ja.." sê Cronje en stoot effe hardhandig aan Lushé. "Meneer Roux het beswyk aan die skietwond. Mejuffrou Fletcher mag dalk die een wees wat hom geskiet het, maar liewe Lushé gaan haar tronksel deel. Lushé Marx, jy is onder arres vir die onwettige besit van 'n ongelisensieerde vuurwapen. Asook sameswering tot moord, dwarsboming van die gereg en.."

Terwyl Cronje haar haar regte voorlees, tree Griesel by die ondervragings kamer waarin sy aangehou was in.

"Het jy die wapen hier binne kom wegsteek mejuffrou Marx?"

Oorbluf deur die gebeure volg Jean en Ulke Taljaard hom soos twee verskrikte lammers by die vertrek in.

Cronje roep intussen by die gang af en kort daarna word Lushé deur 'n konstabel al skoppende en skreeuende weggesleep.

Cronje steek sy kop by die vertrek in.

"Miskien was sy slim genoeg om dit in die vangwa agter te los kaptein. Ek gaan gou kyk."

Cronje draai om op sy hakke toe Jean skielik na iets beduie.

"Wag! Wat steek hier uit, kyk hier duskant die deur?"

"Sowaar!" roep Ulke geskok toe Griesel die deur toe stoot en die vuurwapen ontbloot.

Griesel grinnik. Hy tree by die vertrek uit, roep by die gang af na 'n ander offisier.

"Herman, hier is 'n vuurwapen wat verwyder moet word. Bring 'n bewysstuk sak asseblief."

Cronje trek 'n hand deur sy krulhare. Voel hoe die verligting oor hom spoel.

Griesel steek 'n hand na hom toe uit.

"Wel gedaan speurder Cronje."

"Met ander woorde, Lushé was ook die een wat my skoonpa vermoor het?" vra Ulke Taljaard steeds verward oor die nuwe verwikkelinge..

Cronje gaan staan in die deur.

"Ongelukkig nie..."

"Maar dan verstaan ek nou glad nie wat aan die gang is nie?" sê Jean Taljaard.

"Verduidelik Cronje." eis Griesel nou ook.

Cronje wink na Ulke.

"Gaan jý verduidelik of moet ek?"

Ulke Taljaard kyk vinnig in haar man se rigting. Sy reageer blitsig en raap in een vloeiende beweging die vuurwapen van die vloer af op.

"ULKE! WAT... WAT... MAAK JY NOU?!" roep Jean benoud.

Griesel trek sy eie wapen soos blits. Sy bevel klink meer na 'n pleidooi.

"SIT.DIE.WAPEN.NEER.MEVROU TALJAARD..GENOEG MENSE HET VANAAND SEER GEKRY. ...ASSEBLIEF."

Haar oë is wild.

Sy mik die wapen eers op Griesel daarna op Cronje. Heen en weer. Heen en weer.

"ULKE?!" pleit Jean weer.

"WAT JEAN!!?? HIERDIE HELE GEMORSPIL IS JOU SKULD! *JOUNE!*"

Hy lyk stom geslaan.

"JY HET GEEN RUGGRAAT NIE. NOOIT GEHAD NIE! EN *EK* HET DAARONDER GELY!"

"My skuld? Ek.. ek verstaan nie?"

Cronje kyk betekenisvol na Griesel. Tree dan ongenooi tot die gesprek toe.

"Met ander woorde sy is 'n geldgierige feeks wat net agter jou geld aan was meneer Taljaard. Sy was van plan om die res van haar lewe in weelde en status te lewe. Maar toe mors jy dinge vir haar op..."

Sy mik die wapen met aggressie op hom..

"HOU JOU BEK CRONJE!"

Cronje haal sy skouers op.

"Dit is wat dit is mevrou Taljaard, anders sou ons mos nou nie hiér gestaan het nie, of hoe? Jou vrou kan baie goed toneel speel meneer Taljaard. Skaars minder as 'n uur gelede was sy totaal en al gebroke oor die bewyse wat jóu na die galg sou stuur. Later het sy geen poging aangewend om vir jou op te kom nie. Ek dink sy het besluit dit was tyd om aan te beweeg. En sy het my byna-byna om die bos gelei. Van haar eie onskuld oortuig.. Maar eintlik is jy 'n koelbloedige moordenaar né Ulke?"

"Laat sak die wapen mevrou Taljaard.." beveel Griesel weer.

"NEE!"

Jean neem 'n tree in haar rigting. Sy oë vol trane. Hy smeek vanuit 'n plek van ongeloof.

"Ulke! Asseblief. Sit die wapen neer.. Ons sal 'n goeie prokureur kry, die saak beveg. Ek is seker jy het nie bedoel om pa... seer.. dood te maak nie. Ons kan..."

"NEE JEAN. EK HET! EK HET BEDOEL OM DIE OU BLIKSKOTTEL TE VERSUIP! Hy was 'n flippen tweegesig jakkals! Hy het aldag en heeldag gepreek oor opregtheid en sy eerlike eerbare lewe en dit terwyl hý self uitsprake vir 'n fooitjie gegooi het. Ren het gedink hy is verhewe bo almal. Dat sy doen en late en woord die enigste wet was.. Wat het jy gedink sou gebeur as jy hom probeer afpers Jean? Dat hy vir jou van sy geld sou gee? Nee, nie daardie suinige ou vark nie. Hy was van plan om Jenna te vertel. Nie net van die afpersing nie maar van al die ander kere wat jy drooggemaak het. En hoe hy jou van te vore uit die tronk moes probeer hou. Ek het oor en oor met hom gepleit om jou nog net die een keer te vergewe. Vir mý, sy onskuldige skoondogter se onthalwe jou nog 'n kans te gee. Maar hy het my uitgelag. Gesê soort soek soort. En dat hy klaar was met ons. Verbeel jou! Hy was 'n skynheilige vark.."

Sy kyk Cronje nou stip in die oë.

"En dié wat hom gesien het vir wie hy werklik was, sal saam met my stem, of hoe speurder Cronje? Erken dit maar. Ék het baie mense 'n guns gedoen. Vir jou. Die regstelsel, die goeies en korruptes. Elkeen van ons het op een of ander manier onder sy juk gestaan. Wel nie meer nie.."

Cronje skud sy kop. Neem terselfdetyd 'n tree nader aan haar.

"Ons was verkeerd oor Ren, Ulke. Ék en jý het albei met oogklappe aangeloop en net gesien wat ons wou gesien het. Geklou aan wat die kwaad binne ons aan die stook gehou het."

Sy maak haar mond oop om iets te sê maar op daardie oomblik kom konstabel Herman by die vertrek ingeloop.

"KONSTABEL! NEE! PASOP!!" waarsku Griesel, maar dit is te laat.

Ulke Taljaard reageer soos blits.

Sy kry die konstabel aan die arm beet, gebruik hom as 'n skerm en druk die loop van die vuurwapen teen sy kop terwyl sy stadig agteruit beweeg.

"MEVROU TALJAARD, MOENIE DINGE VERERGER NIE. LAAT KONSTABEL DE LANGE GAAN!"

Cronje sien die vrees in die jong konstabel se oë. Dit is die tipe vrees wat party mense tot roekelose optredes dryf.

"KYK NA MY HERMAN BLY NET KALM. NOU IS NIE DIE TYD OM 'N HELD TE PROBEER WEES NIE." beveel hy en vir elke tree wat Ulke agteruit by die vertrek beweeg, tree hy saam.

"EK GAAN NOU HIER UITSTAP EN NIE EEN VAN JULLE GAAN MY PROBEER KEER NIE, VERSTAAN ONS MEKAAR? ANDERS IS DIT BOKVELD TOE MET HOM!"

Sy mik vir 'n oomblik die wapen weer op Cronje.

"EN HOU OP OM AGTER MY AAN TE LOOP CRONJE!"

Dit is in daardie paar sekondes wat die loop van die vuurwapen weg van die konstabel en op Cronje gemik is wat hy *juis* reageer.

Dit neem net drie treë om tot by Ulke en haar gyselaar te kom.

Met sy een hand stamp hy konstabel de Lange uit die pad, en met sy ander gryp hy na die wapen.

Die slag van die skoot weerklank kliphard by die gang af.

Erens in die polisiestasie word daar ernstige bevele uitgeroep. Iemand gil bang.

Cronje sak op die vloer in mekaar.

Die harde knal maak hom tydelik doof..

Die koeël tonnel deur sy linker long, skeur deur weefsels, vleis, spiere en senuwees voor dit agter in sy ribbes vas slaan.

Maar Cronje weet niks hiervan nie.

In die paar oomblikke voor die eerste steke van pyn by hom registreer, speel alles in stadige aksie en doodse stilte voor hom af.

Hy sien hoe die konstabel op die vloer naby hom lê. Sy oë groot van skok maar ook verligting.

Duskant hom skree Ulke Taljaard soos 'n besetene. Haar mond gaan oop en toe maar hy hoor niks.

Sy lig weer die vuurwapen. Korrel.

Uit die hoek van sy oog sien hy 'n skaduwee verby beweeg.

Griesel gooi sy volle gewig agter die duikslag in.

Hy kan nie die val-slag hoor nie, maar hy sien wel hoe Ulke Taljaard se skedel soos 'n rubberbal van die vloer af bons.

En hy is seker hy voel die vibrasie van lug wat uit longe gepars word toe hul die vloer hier langs hom met 'n helse slag tref.

Cronje raak mettertyd daarna bewus van die vlamme-hel in sy binneste.

Hy voel-voel oor sy bors waar dit brand.

Daar is bloed, baie bloed.

En dit is te seer om asem te haal.

Hy maak sy oë toe.

Probeer die pyn verdryf met herinneringe van 'n jonger hom en Samuel. Van hom en sy geliefde Miertjie se tye saam. Van hom en sy beste vriend Roux.

Minute later word hy agter in 'n ambulans gelaai.

Griesel klouter saam agter in.

Hy neem Cronje se hand in syne.
Hy smeek onophoudelik vir Cronje om aan die lewe te bly..
Die trane stroom by sy gesig af.
Maar Cronje hoor niks..
En diep in sy gebroke hart voel hy nog minder..

25.

(6 Maande later)

Cronje sit sy arms om Miertjie en hou haar styf vas.

Sy het nog maerder geword, merk hy op.

Sy loop deesdae ook nog krommer as voorheen.

Sy blameer die winter. Sê dit tas haar rumatiek aan, maar Cronje weet van beter.

Griesel moes destyds die nuus aan haar oordra.

Hý, Cronje was in 'n kritieke toestand in die hospitaal en Roux oorlede..

Hy vee liefdevol 'n traan van haar geplooide gesig af.

Sy kyk verleë weg. Gewoond daaraan om altyd sterk te staan.

"Jammer Asyn, dis net.."

Cronje glimlag vriendelik, al voel sy binneste loodswaar.

"Ek weet Miertjie... Dit bly vir my ook nog onwerklik."

Hy wink na die motor maar sy steek eers weer vas.

Vee met haar krom vingers oor die koue grafsteen. Prewel woorde wat hy nie kan hoor nie.

Dié gebaar is een te veel vir Cronje en kyk hy weg.

Dit is 'n windlose Junie oggend.

Hy en Miertjie lyk na die enigste besoekers tans in die begraafplaas.

Cronje kon destyds nie sy beste vriend se begrafnis bywoon nie. Hy self was in die hospitaal besig om vir sy lewe te veg.

Volgens Miertjie was dit 'n gepaste affêre. Sy het hom later op haar manier alles vertel.

"Die mense was lief vir onse Roux. Hy het mooi spore agter gelos Asyn. Mooies."

Die oggend nadat hy uit die hospitaal ontslaan is het hy vir tyd lank alleen en in doodse stilte langs Roux se graf gaan sit.

Daar was so baie dinge wat hy kon gesê het, maar hy het nie. Die dood is doof.

Hy kyk nou af na sy horlosie.

Oor minder as 'n uur moes hy Griesel by die polisiestasie ontmoet.

In die tydperk wat hy na sy tyd in die hospitaal by die huis aangesterk het, het hy die dossier voltooi en ingehandig.

Die ondersoek was afgehandel.

Die moordenaars vas.

Sy ontmoeting met Griesel was 'n instelling wat sy bevelvoerder met al sy speurders aan die einde van elke ondersoek vereis het. Hul ontmoeting moes wag tot nou.

Oppad polisiestasie toe laai hy eers vir Miertjie by die huis af.

Sy sal terwyl hy in Griesel se kantoor sit vir Samuel met deernis en moederlike liefde was, voer en aantrek. Daarna sal sy die skotteltjie waswater op haar petunias gaan uitgooi. Vir haarself 'n koppie tee maak en op Cronje se terugkoms wag.

"Kaptein.." groet Cronje toe hy op tyd by sy bevelvoerder se kantoor instap.

"Konstantyn."

Cronje neem sy sitplek in en wag geduldig terwyl Griesel deur die dik dossier lees.

Met tye leun sy bevelvoerder eers terug in sy stoel. Vra 'n vraag om duidelikheid oor iets te kry. Maak aantekening van sy eie. Lees dan voort.

Na die laaste bladsy slaan hy die leêr toe.

"Dié boom het genoeg blare."

Cronje knik.

Dit was Griesel se sê-ding wanneer hy tevrede was met die inhoud van die dossier. Hul saak was waterdig. Cronje het daarvan seker gemaak.

'n Datum vir die aanvang van die verhoor sou binnekort vasgestel word..

Griesel skuif die leêr eenkant toe, trek 'n ander nader en slaan dit oop.

169

"Ten opsigte van operasie Judas Iskariot... Die ondersoek is nog oop. Ons het wel, te danke aan Ren Taljaard se insae 'n paar arrestasies gemaak. Daar is ook intussen weer 'n paar betroubare persone genader wat die stelsel sal infiltreer en voortgaan om die onkruid uit ons regstelsel te hou... Dan.."

Griesel bly stil, kyk af na sy hande. Sug diep.

Toe hy uiteindelik opkyk, wys die gevolg van wat hy nog moet sê reeds op sy gesig.

Cronje wens hy kon sy bevelvoerder die onsmaaklikheid spaar. Dié oomblik is vir beide 'n uiterste vernedering.

Cronje maak keel skoon, skuif rond op die *warm* stoel.

"Dit spyt my om ...." Griesel se stem breek. Hy neem 'n diep asemteug. Begin weer.

". ...Jean Taljaard het besluit om die goue koei vir oulaas te melk nadat Jenna Taljaard hom uitgeskop het. Soos jy weet, het hy 'n klag van nalatigheid teen ons ingedien en 'n absurde bedrag vir vergoeding geëis. Sy regsspan is genadeloos. En daar was net té veel wat teen jou getel het Konstantyn. Ek het namens jou by die verhoor gepleit, jou persoonlike betrokkenheid rakende Roux as versagtende omstandighede voorgelê. Maar selfs ék kan nie alles oorsien nie. Die nalatigheid ten- opsigtigte van die testament, die wapen wat mejuffrou Marx by die polisiestasie ingesmokkel het.. Die onderliggende getwis tussen jou en Visagie. Die oproep wat jy na die regter se selfoon gemaak het. Die feit dat jy Roux se selfoon terug gehou het, en eintlik deur dit Visagie se ondersoek ondermyn het.. Jy weet self Ulke Taljaard se verdediging gaan dit alles in die hof probeer gebruik. En die enigste manier om die ding te omseil en ons kans op 'n skuldige uitspraak te verbeter is om *nou* die regte stappe te neem. Ek moet hierdie speurdiens se reputasie en integriteit beskerm. Jan Visagie het gevra vir 'n oorplasing. Ek het dit toegestaan. Maar ongelukkig..."

Hy kyk 'n oomblik dakwaarts, byt sy onderlip vas.

"DEKSELS CRONJE!"

"Ek verstaan kaptein."

"NEE JY VERSTAAN NIE KONSTANTYN! Jy het deur jou optrede jouself vir die wolwe gegooi. En al verstaan ek hoekom jy gedoen het wat jy gedoen het is my hande steeds afgekap. Ek … ek voel soos 'n bevelvoerder se gat! Hierdie hele ding was van die begin af 'n gemorsspull. Omdat ek geweet het Roux was in kontak met Ren het ek ook dadelik 'n oordeelsfout begaan. Ek het op gronde daarvan aangeneem Roux hét Ren vermoor. Dat hy na alles 'n vuilgoed was. Roux van alle mense! Ek was in daardie oomblik so woedend en teleurgesteld.. En jý het so seker van jou saak geklink. Ek moes nooit vir Visagie gestuur het nie. Ek moes sélf die ondersoek behartig het."

"Jy was uitstedig kaptein.."

"Soveel te meer. Dit is nie 'n verskoning nie! Ek moes daar gewees het. Miskien sou jy dan ook anders opgetree het.."

"Dit was my keuse. My skuld. Niemand anders s'n nie. Ek neem volle verantwoordelikheid vir my optrede. En met respek gesê kaptein, al was jy daar, sou ek steeds…"

Hy kyk af na sy hande.

"Roux was my vriend en ek het hom gefaal. Ek moes hom kans gegee het om te verduidelik..... "

Die twee mans sit 'n tyd lank woordeloos.

Dit sal Cronje se laaste ontmoeting met Griesel as sy bevelvoerder wees.

Sy loopbaan as speurder vir die Somerset Wes polisie is verby. Hy is met onmiddelike effek geskors.

Toe hy nie meer die stilte kan hanteer nie, lig Cronje homself uit die stoel, strek sy hand oor die tafel uit en skud Griesel se hand.

"Dit was 'n eer kaptein.."

Griesel sluk die knop in sy keel af.

"Totsien Konstantyn."

EPILOOG

Terug by die huis, sit Cronje met 'n koppie koffie op die stoep.

Die koue van die oggend het plek gemaak vir 'n besonderse sonnige wintersdag.

Hy neem 'n sluk van sy koffie.

Stap weer in sy gedagtes deur die aand van Ren Taljaard moord.

Dit was 'n vreemde sameloop van gebeure wat hom nog vir lank sou by bly.

Ulke Taljaard was die vermomde wat daardie aand van hul aankoms by die Taljaard-woning met die trappe af gestap gekom en om die kant van die huis verdwyn het.

Sy het die moord gepleeg lank voor die ligte vir die kamstige moord speletjie afgeskakel was. Volgens die na doodse ondersoek het Ren Taljaard na sy laaste asem gesnak net voor of gedurende Lushé se verwelkomings toespraak.

Die beskuldigde het erken dat sy vroeër die aand een van die venstertjies in die aantrek kamer oopgemaak het. Die vingerafdrukke wat Cronje aangevra het, het dit ook bevestig.

Sy het om die huis gestap, in die groot ou Karee-boom geklim en so toegang tot die binnehuise swembad verkry.

Volgens haar verduideliking het sy die regter aanvanklik eerste in die aantrekkamer gewaar. Sy het hom oor die afstand iets tussen die handdoeke op die rak sien druk voor hy terug in die swembad gaan klim het. Sy het op daardie stadium glad nie geweet van die testament nie.

Die vraag was: hoekom sou Ren dan die dokument tussen die handdoeke versteek het?

Cronje het geglo dit was omdat hy na sy argument met Jenna moontlik eers weer oor sy besluit wou nadink. Uiteindelik oortuig, het hy uit die swembad geklim, die testament onderteken en heel moontlik sy vermomde moordenaar deur die venster aan die agterkant van die huis sien nader stap. Onbewus van wat sou volg, het die regter op daardie oomblik bloot besluit om die dokument tydelik tussen die handdoeke te versteek totdat hy klaar geswem het.

Ulke Taljaard het na die tyd op dieselfde wyse die toneel verlaat.. Daarom dat Roux haar nie in die gang of in een van die ander vertrekke raak geloop het nie.

Dit was ook tydens die heen en weer geklouter wat die broek wat sy aangehad het aan die growwe bas van die Karee-boom gehaak en geskeur het.

Die feit dat haar gruweldade op die versteekte kamera vasgevang was, was bloot 'n gelukskoot.

Ulke het reeds vroeër die aand die stelsel gedeaktiveer, maar Jean, onbewus van sy vrou se planne, het dit toevallig kort na hom en sy pa se woordewisseling in die gang weer heraktiveer.

Ironies, red hy deur dié niksvermoedende optrede sy eie bas, maar daarmee saam draai die noodlot teen Roux.

Reeds maande lank bekommerd oor sy vriend se vreemde optredes en fluistergesprekke, ontdek Cronje vir Roux onder baie verdagte omstandighede in die binnehuise swembad.

Visagie vind die swak maar steeds verdoemende opname.

Cronje ontdek toevallig Roux se selfoon in die motor. Die telefoon oproepe tussen hom en Ren kom aan die lig. En om dinge te vererger bly Roux vir eers draaie om die waarheid loop.

Cronje skud sy kop.

Miskien as hy net meer bedag was toe Ulke om die hoek van die huis verdwyn het.

Maar hoe kon hy ooit raai wat alles daardie aand sou gebeur?

Hy was ook onbewus van Daniël Short en Lushé Marx se planne.

As hy nie vir Daniël Short by die hek vasgekeer en so later van Jenna se stok uitgevind het nie, sou hy bes moontlik nou nog gewonder het oor die merk op Ren Taljaard se rug. Of selfs steeds die weduwee se betrokkenheid in 'n mindere of meedere mate vermoed het.

Lushé Marx sou ook skotvry weggeloop het, was dit nie vir die feit dat Cronje haar selfoon geleen het nie.

Deur dit te doen, kon haar en Magiel Lubbe se vreemde verdraaide liefdesverhouding op die lappe kom en die ondersoek in 'n ander rigting stuur.

Dit blyk asof daar 'n direkte verbintenis was tussen die regter se moord en sy ampswerk. Maar na die testament en DNA toetse aan die lig kom verdink Cronje die huishulp.

Haar agtergrond. 'n Weeskind, die amper vaderlike verhouding tussen haar en die regter.

Daar het net té veel teen haar getel.

Die skietvoorval op Roux het hom bykans finaal oortuig.

Tot hy uitgevind het van Operasie Judas Iskariot.

En die hele prentjie het weereens verander.

Weliswaar het die rede vir die moord steeds op Ren se posisie gedui, maar die motief blyk later van 'n persoonlike aard te wees.

Alles het toe op Jean as skuldige gedui.

Die bedorwe brokkie. Die onderduimse geldgierige seun. 'n Krimineel in sy eie reg. Selfs sy eie ma het haar vermoedens oor hom gehad.

Bewapen met 'n halwe waarheid gryp hy toe die kans aan om twee vlieë met een klap by te kom.

Sy *skynheilige* pa vir eens en altyd onder sy eie duim te kry en terselfde tyd geld daaruit te maak.

Al wat Cronje moes vasstel was hoé Jean ongesiens vanaf die binnehuise swembad, deur die gang en terug in die voorportaal beweeg het.

En dit was hoekom hy vir Frank Thabalala terug na die Taljaards se woning gestuur het. Na die hele deurmekaar spul en los leidrade en vrae, was dit die skeurtjie aan Ulke Taljaard se broek, die venstertjie wat nie op knip was nie, en Roux se verwysing na die boom wat die legkaart stukke finaal in plek laat val het.

Sy was die een wat die saadjie van agterdog oor Karin Fletcher by Cronje geplant het.

Sy het deur die verloop van die ondersoek op die agtergrond gebly maar tog 'n hand in die stuur van sake gehad.

Wat op 'n baie strategiese wyse haar rol as die ondersteunende skoondogter en vrou in die Taljaard gesin geskilder het.

Die kamstige vredemaker.

Die eintlike slinkse slang wat met oorweldige oortuiging Cronje se vermoedens oor Jean tydens haar laaste ondervraging beaam het.

Lushé Marx het erken sy het die vuurwapen waarmee sy die regter wou skiet aan die begin van die aand in die bak van die gaste toilet versteek het. Dit was ook daar waar sy kort na Short se besoek aan die gastebadkamer, die broek in die snippermandjie gewaar het. Sy het besluit om niks daaroor te sê nie. Sy wou wel later, terwyl Cronje en Roux buitekant gestaan en gesels het, die vuurwapen gaan uithaal met die plan om daarvan ontslae te raak. Sy was bang vir verdere verdoemende bewyse teen haar en veral Magiel Lubbe. Sy het Karin Fletcher, wat oppad kombuis toe was, sien aankom en in 'n oomblik van paniek die vuurwapen onder die tafel op een van die stoele probeer versteek..

Ironies, aangesien dit seker nooit in die toiletbak ontdek sou word nie.

Sy het dit in die gehar-war na Roux geskiet is, weer ongesiens opgeraap. Haar redes hiervoor steeds dieselfde. Sy wou nie vir Magiel Lubbe teleurstel nie. Haar tekort aan ondervinding op beide kriminele gebied en liefdesverhoudinge sou haar op die einde duur te staan kom.

Cronje sluk nou die laaste van sy koffie weg.

Sit die beker langs hom op die grond neer en trek sy skoene en onpaar sokkies uit.

Vandag deel hy en Samuel die gespikkelde groen en bruin-streep paar.

"En nou dit?" vra Miertjie wat kort daarna haar verskyning maak.

Cronje staan op en strek sy lang lyf uit. Hy neem 'n diep asemteug. Trek Miertjie meteens speels styf in sy omhelsing in.

"Asyn?" giggel Miertjie en mik 'n kamstige hou na hom.

Hy glimlag, druk haar nog stywer teen hom vas en in 'n oogwink verander die speelse luim in 'n sombere oomblik.

Roux se afwesigheid sal vir altyd 'n reuse gat in hulle lewens laat.

En nie een van die twee weet hoe die pad vorentoe sal lyk, nou dat Cronje geskors was nie. Miertjie is bekommerd oor hom. Hy kommer weer, op sy beurt, oor haar en Samuel.

Sy is die een wat uiteindelik uit hul omhelsing breek.

Sy vee die trane met haar voorskoot van haar gesig af.

"Nou ja.." is al wat sy sê voor sy weer in die huis in verdwyn.

Cronje kyk haar lank agterna. En terwyl 'n ligte see briesie opkom en sy krulhare deurmekaar waai, voel hy 'n meteense rustigheid binne hom kom lê..

Hierdie lewe is 'n hartverskeurende verskriklike en tog asemrowende mooi ding.

En al wat hy kan doen is om dit te leef. Ongeag wat kom.

Minute later gewaar Miertjie hom by die afrit afstap. Kaalvoet en met sy ou branderplank wat vir wie weet hoe lank onder die afdak gestaan het onder sy arm.

Vir die eerste keer in 'n lang tyd glimlag sy by haarself.

Sy skiet 'n dankgebed na Bo.

Daar was dae wat sy getwyfel het, maar nou weet sy verseker.

Konstantyn Cronje sal *okei* wees.

DIE EINDE

BEDANKINGS

Aan my familie en vriende. Jul liefde, belangstelling en ondersteuning was die dryfkrag agter hierdie storie. Ek bly julle ewig lief en dankbaar.

Vir die Konstantyn Cronje aanhangers wat bly vra het oor sy onpaar sokkies... Aangesien hierdie die laaste storie in dié reeks is, het ek besluit om die aap uit die mou te laat. Ek hoop die speurder se redes stel nie teleur nie.

Die besluit om Righard Roux uit die storie te skryf was 'n moeilike een. Maar aangesien Cronje se tyd by die speur diens tot 'n einde gekom het, kon Roux se rol as ondersteunende karakter in daardie konteks nie veel verder groei nie. Of Cronje weer eendag sal kans sien om moordenaars vas te trek, weet ek nie. Maar dit is die lekkerte van sekere karakters. Hulle het 'n neiging om aan jou as die skrywer te karring totdat jy hul storie vertel. Dus sal ons maar moet wag en sien.

Corlie Putter